ALPHAPOLIS
WEB CITY SINCE 2000

不遇職とバカにされましたが、実際はそれほど悪くありません？ 4

A L P H A L I G H T

カタナヅキ
KATANADUKI

アルファライト文庫

Hitomin
ヒトミン
ぷるぷる震《ふる》える
可愛《かわい》いスライム。
感知能力に
優《すぐ》れている。
Reito
レイト
異世界転生し、
王家の跡取《あとと》りとして
生を受けた青年。
生まれ持った職業が
「不遇職」だったために
追放されてしまう。
Kotomin
コトミン
人魚族の美少女。
変わり者だが、
レイトにとっては
大切な友達。
Main Character
主な登場人物

Aria
アリア
森人族《エルフ》の元メイド。かつてレイトのお世話をしていた。
Kirau
キラウ
最強の死霊使い《ネクロマンサー》。森人族《エルフ》とは因縁《いんねん》があるようだが……？
Ullr
ウル
レイトの相棒《あいぼう》である「白狼種《はくろうしゅ》」。甘えん坊。
Erina
エリナ
森人族《エルフ》の少女。レイトを「兄貴」と慕《した》う。
Nao
ナオ
レイトが追放されたバルトロス王国の第一王女。騎士団を率《ひき》いている。

1

最強の死霊使い《ネクロマンサー》「キラウ」が蘇《よみがえ》らせた腐敗竜《ふはいりゅう》が、もうすぐ冒険都市ルノを襲撃《しゅうげき》する。

そのことをこの世界の管理者であるアイリスから聞いた不遇職のレイトは、腐敗竜打倒に向けてさらに成長しなければと考えていた。

現在、レイトはガーゴイルという魔物を所有している魔物使いを探《さが》して都市を歩き回っている。魔物使いからガーゴイルを購入し、戦闘してレベルを上げようとしているのだ。

しかしいくら探しても見つからず、レイトはアイリスと交信する。

『あいりしゅっ（裏声）』

『なんでそんな声で呼びかけるんですか。というか、女声が上手ですね……』

『まあね。そんなことより、ガーゴイルを所有している魔物使いの正確な居場所を教えて』

『はいはい……レイトさんが今いる場所の近くの酒場に、金髪の女性がいます。酔《よ》い潰《つぶ》れていますから、そばに行ってテーブルの上に金貨三枚を置き、立ち去ってください』

『え？　なんで？　起こさないの？』

『その人はガーゴイルを闇ルートで冒険都市まで運《はこ》んでいるんですよ。正式な手続きを踏《ふ》まない取引を生業《なりわい》とする人間ですので、接触《せっしょく》しているところを見られたらまずいです。ただ、大罪人ではないので通報はせず、ガーゴイルの代金を支払って帰りましょう』

『だけど、いきなりお金が置いてあったら向こうは困惑するんじゃ……』

『それなら、ガーゴイルをいただきました、というメモを残せばいいですよ。あと少ししたら目を覚《さ》ますので、気をつけてください』

『分かった』

アイリスとの交信を終え、レイトは貴重《きちょう》な金貨を手に、酒場に行く。

「念のために……」

中に入る直前、彼は暗殺者の技能スキルである「隠密《おんみつ》」と「気配遮断《しゃだん》」、さらに「無音歩行」を発動した。他の人間に極力《きょくりょく》気づかれないようにするためである。

酒場の中では、ゴロツキ達が会話をしていた。

「おい、聞いたかよ‼　伝説のドラゴンゾンビが復活したって話……」

「ただの噂《うわさ》だろ。なんで今さらそんなのが現れるんだよ」

「旧帝国《エンパイア》の奴らが蘇らせたという話だぜ‼」

「旧帝国《エンパイア》はとっくの昔に崩壊《ほうかい》しただろうが……」

「だけど、実際に今は都市への出入りは禁止されてるぜ。商人の奴らがそのせいで商品を仕入れられないって騒《さわ》いでやがった」

噂ではあるが、すでに腐敗竜のことは一般人も知っているらしい。そう思いながら、レイトは目当ての人物を探す。

すると、奥のほうに金髪の女性が寝ているのを発見した。

レイトは彼女のもとに移動して、様子をうかがう。意外なことに非常に若々しい外見《がいけん》で、森人族《エルフ》なのか、細長い耳をしていた。

レイトは懐《ふところ》から羊皮紙《ようひし》の切れ端《はし》を取り出して走り書きをし、三枚の金貨と一緒にテーブルの上に置いて、小声で耳打ちする。

「ガーゴイル、買い取りま～す」

「……んんっ？　だ、誰？」

女性は耳を揺《ゆ》らして目を覚ますが、すでにレイトは立ち去っていた。

レイトは誰にも気づかれずに酒場を出て、アイリスと交信してガーゴイルの居場所を聞く。

『ガーゴイルはどこにいる？』

『この酒場の向かい側に廃屋《はいおく》がありますよね？　あそこにいますよ。現在は暴《あば》れないように眠《ねむ》らされていますから、今のうちに収納魔法で回収してください』

『えっ……生き物は収納魔法で回収できないはずじゃ……』

『大丈夫ですよ。ガーゴイルはゴーレムの仲間で、無生物です。核《かく》と呼ばれる魔石《ませき》を動力として動く魔物なんですよ。両者の違いは、形状と材質だけですね』

アイリスの説明に納得し、レイトはガーゴイルの回収に向かう。

廃屋の入口に到着し、ドアノブを捻《ひね》ると問題なく開いた。施錠《せじょう》されていなかったことに、レイトは少しだけほっとした。

中に入り、レイトは念のためにアイリスと再度交信する。

『こっちで合ってる?』

『合ってます』

確証《かくしょう》を得て、奥に進む。

すると、ゴブリンのような顔をした人型の石像が置かれた部屋を発見した。近くの地面には、空《から》の寝袋が放置されている。

「あれか?」

レイトが呟《つぶや》いた瞬間、脳内にアイリスの声が響《ひび》いた。

『しっ‼ 静かにしてください……ガーゴイルは耳が良いんです。なるべく音を立てずに近づいて――あ、「無音歩行」のスキルを持っているレイトさんなら問題ありませんね』

アイリスの助言通り、レイトは「無音歩行」を使ってガーゴイルに近寄る。

ガーゴイルは両腕を交差した姿で、そこにいた。本物の石像のようである。

レイトは収納魔法を発動した。

すると、ガーゴイルの頭上に黒色の渦《うず》巻きが出現する。この中に物体を放り込めば、異空間に収納されるのである。

「そっと……」

『ガアッ……⁉』

レイトは慎重《しんちょう》にガーゴイルを持ち上げたが――

努力もむなしく、目を覚ましてしまった。

「うわ、起きるなっ‼　『重撃』っ‼」

『ウガッ⁉』

咄嗟《とっさ》にレイトは右拳《みぎこぶし》に紅色の魔力をまとわせ、ガーゴイルの腹部を殴《なぐ》った。

重力を乗せた一撃はガーゴイルの胴体を貫き、怯《ひる》んだ隙《すき》に放り込む。

「ふうっ……危《あぶ》なかった。いててっ……さすがに石像を素手《すで》で殴るのは無茶だったか」

『何してんですか。あ、このあとは「黒虎《くろとら》」の冒険者ギルドへ向かってください。そちらのほうが今は都合が良いですから』

アイリスの助言を受け、レイトは自分の所属する冒険者ギルドに行く。

ギルドに着くと、相棒《あいぼう》のウルと仲間のコトミン、スライムのスラミンとヒトミン、森人《エルフ》族の少女エリナ、そして馴染《なじ》みの冒険者であるゴンゾウとダインがいた。

レイトは仲間達と合流したあと、ゴンゾウとダインを訓練に誘う。彼らはその誘いを快《かい》諾《だく》し、ウルや他の仲間達と訓練場に移動した。

腐敗竜の件もあり、黒虎に所属している冒険者はほとんどが都市に戻っているが、訓練場はいつも通り閑散《かんさん》としている。

「ここが黒虎の訓練場か？　うちの『牙竜《がりゅう》』と比べてずいぶん狭《せま》いな……」

「ゴンちゃんのギルドにも訓練場があるの？」

レイトが尋《たず》ねると、ゴンゾウは頷《うなず》いた。

「ああ。俺達のギルドの訓練場は地下にあって、広さはこの訓練場の十倍ってところだな。誰もいないが、いつもこうなのか？」

「ここを使用しているのは俺くらいだよ。たまに新人が使うこともあるけど、大抵はバルの扱《しご》きに耐え切れなくて辞《や》めちゃう」

「だろうな……あいつ、本当に手加減しないからさ」

レイトの言葉にそう答えたのはダインである。

ダインはこの場にいる面々の中では、黒虎のギルドマスターであるバルとの付き合いが一番長い。彼も昔、バルによる地獄《じごく》の扱きを受けたのだ。その内容は想像を絶《ぜっ》するものだったという。

そのため、黒虎に入った新人冒険者の大半は、半月もしないで辞めてしまう。だが、無事に彼女の訓練を乗り越《こ》えた人間は、一人前の冒険者として活躍できるようになる。それゆえ、黒虎に所属する冒険者はランクが低くてもたしかな実力を持っているのだ。

レイトはゴンゾウに話す。

「今月、うちに新しく入ってきた冒険者は五人だったけど、すぐに辞めちゃった。今のところは俺しか利用していないから、邪魔者《じゃまもの》もいないというわけ」

「それは分かったが……いったいどんな訓練をする気だ？　ダインと俺の力が必要なことか？」

ゴンゾウに続いて、ダインが言う。

「まさか僕に模擬《もぎ》戦の相手を頼《たの》む気じゃないよな……言っておくが、僕の影魔法《かげまほう》は戦闘向きじゃないから、手加減してくれないと困るぞっ!!」

「なんでそんな決め顔で情けないことを言ってんすか」

冷めた目でツッコミを入れるエリナ。

「大丈夫だよ。俺の訓練の相手は別の奴だから……コトミン、ヒトミンを頼む」

「んっ」

レイトは安心させるようにダインに言い、肩に乗っていたヒトミンをコトミンに差し出した。

その後、レイトは全員を自分から離《はな》れさせ、収納魔法を発動する。そして、回収していたガーゴイルを引っ張り出した。

ガーゴイルは、外に出るなりレイトに襲《おそ》いかかる。

『シャアアアアッ‼』

「うわっ⁉」

「危ないっ⁉」

ゴンゾウとダインが声を上げた。

「平気だよっ……ウル‼」

「ウォンッ‼」

レイトが指示を出すと、ウルはガーゴイルに飛びかかって力ずくで地面に押さえつけた。

『シャアアッ⁉』

全員が驚愕《きょうがく》する中、レイトは冷静にダインに指示する。

「ダイン‼　影魔法でガーゴイルを拘束《こうそく》して‼」

「ええっ⁉　きゅ、急に言われても……」

「できないの？」

「で、できるに決まってるだろ‼　たとえ相手が腐敗竜だろうと僕の影魔法は通用する……といいな」

「え、最後の言葉がよく聞こえなかったんですけど……」

レイトがわざとらしく言うと、ダインはヤケクソ気味に叫《さけ》ぶ。

「う、うるさいなっ‼　分かったよ、喰《く》らえっ‼　『シャドウ・バインド』‼」

ダインが手に持っていた杖を地面に突き刺した瞬間、彼の影が触手《しょくしゅ》のように動き出した。

影はスルスルと伸《の》び、ガーゴイルに接近する。そしてウルが後方に飛んで避難《ひなん》すると同時に、ガーゴイルの肉体に絡《から》みついて拘束した。

その光景に全員が感嘆《かんたん》の声を上げるが、ダインは全身から汗を流し杖を握《にぎ》りしめている。

「くっ……ちょ、こいつ予想以上に力が強いっ……僕のレベルじゃまだきついかも……⁉」

「……それなら、どれくらい止められるの？」

「あと、三十秒くらい……？」

「意外と長いじゃん……じゃあ、その間に抵抗できないようにするか」

レイトは動けなくなったガーゴイルに接近する。

「ッ……⁉」

ガーゴイルは声を上げることもできないのか、ただ困惑している。

レイトは両手でガーゴイルの頭部を掴《つか》んで、初級魔法の「電撃」を発動した。

高圧の電流がガーゴイルの頭部に注ぎ込まれ、瞬《また》く間に全身をめぐった。

ガーゴイルは身体《からだ》が石でできているので、雷属性の魔法には強い耐性がある。しかし、あまりの威力《いりょく》に身体が痺《しび》れてしまっていた。初級魔法だが、使い手によってはそれなりの威力になるのだ。

『ぷるぷる（×2）……‼』

「スラミンとヒトミンが怖《こわ》がってる……私も怖い」

「電撃」に怯《おび》えるスライム二匹とコトミンに、ゴンゾウが声をかける。

「俺の後ろに下がっていろ」

「じゃあ、遠慮《えんりょ》なく……」

コトミン達はそそくさとゴンゾウの背中に避難した。

一方、影魔法を解《と》いていないダインは苦しげな顔でレイトに叫ぶ。

「れ、レイト‼　ま、まだかっ⁉　そいつは痺れているようだから、僕の影魔法はもう必要ないんじゃないかなっ⁉」

「もうちょっと頑張《がんば》って‼　あと少しでコツを掴みそうだから……ふんぬっ‼」

レイトはそう言って、さらに「電撃」の電圧を強めた。

そしてしばらく電流を流し続け、頃合いを見てステータス画面を確認する。

「そろそろ上がってるかな……お、やった‼　もう熟練度《じゅくれんど》が3になってる‼」

「えっ⁉　早くないですか？」

「そんなに簡単に上がるのか？」

エリナとゴンゾウが驚《おどろ》いたように言った。

いくら初級魔法の熟練度が上がりやすいと言っても、こんなにあっさり熟練度が上昇することはない。これはレイトの魔法の才能がズバ抜けていることに加え、雷属性への適性が高かったことが原因である。

すると、アイリスの声が脳内に聞こえてきた。

『この熟練度の上昇速度……さすがはバルトロス王家の子供ですね。さあ、あとは一気にガーゴイルにとどめを刺してください。今度は合成《ごうせい》魔術《まじゅつ》を試《ため》す番です‼』

「合成魔術か……雷属性と相性《あいしょう》が良いのはなんだろう」

レイトが呟くと、エリナがそれを聞きつけて目を輝かせる。

「え？　兄貴は合成魔術なんて高等技術を扱《あつか》えるんですか⁉　半端《はんぱ》ねぇっす‼」

「ほ、本当か？　僕はできないのに……ま、まあ僕には影魔法があるから必要ないけどな‼」

「雷属性は水属性と火属性とは相性が悪い……風属性が一番良いはず」

「ありがとっ‼」

コトミンの言葉にレイトは礼を言い、「電撃」を維持したまま風属性の初級魔法、「風圧」を発動する。

すると、彼の右腕に電流をまとう竜巻《たつまき》が出現した。

「うわっ……すごいなこれ」

「た、竜巻⁉」

「おおっ……格好いい」

レイトと仲間達が感嘆と驚きの声を上げた。

電流の迸《ほとばし》る竜巻をまとった腕で、レイトはガーゴイルを殴りつける。

「おらぁっ‼」

『シャアアアアッ――⁉』

拳《こぶし》の触《ふ》れた箇所《かしょ》が陥没《かんぼつ》し、ガーゴイルの肉体が派手《はで》に吹き飛んで核が露出《ろしゅつ》した。レイトがそれを掴もうとしたとき、アイリスの声が響く。

『それも壊《こわ》してください‼　一気に熟練度が上昇するはずですから‼』

彼女の言葉を聞いた瞬間、レイトの眼前に新《あら》たな技術スキルが表示された。


〈技術スキル「撃雷《げきらい》」を習得しました〉


レイトは核を掴まず、今度は左手を前に突き出して新しく覚えたスキルを発動する。

「『撃雷』‼」

そのとき、レイトの左掌《てのひら》から肘《ひじ》にかけて電流を帯《お》びた竜巻が発生した。

レイトのパンチによって、空中に浮遊《ふゆう》する核が破壊《はかい》される。

その光景に全員が圧倒されたが、レイトは気にせずステータス画面を確認する。すると
レベルが50になっており、さらに「電撃」の熟練度は限界値の5になっていた。

「よし‼　意外とあっさり限界まで上げられた。なかなか頼りになりそうな技術スキルを
覚えたし……もう少し試してみたいな。誰か俺の相手してくれない？」

「ば、馬鹿言うな‼　あんな技を喰らったら死んじゃうだろ⁉」

「いくらなんでもさすがにそれは……」

「無理」

『ぷるぷるっ（怯え）』

「クゥ～ン（首を横に振る）」

レイトの言葉に全員が拒否《きょひ》の意を示したが、ゴンゾウだけは背負《せお》っていた棍棒《こんぼう》を構えた。

「俺が相手をしてやろうか？」

「本当に？　……あ、でもやっぱり危ないし、大丈夫。その代わり、いいことを思いつい
たよ」

レイトはそう言って、地面に掌を押し当てた。

「久々の『土塊《どかい》』‼」

すると、地面が盛《も》り上がって、三メートルほどの泥人形《どろにんぎょう》が現れた。

「うわっ⁉　な、なんだっ⁉」

「これは……ゴーレムか？」

ダインは驚いたようにのけぞるが、ゴンゾウは興味深げに泥人形を観察している。

レイトはさらに「氷塊《ひょうかい》」の魔法を発動し、泥人形の表面を凍《こお》りつかせて硬度《こうど》を上げた。

「これでよし……少し形が雑かな」

「うわ、すごいなこれ‼　どうやって作り出したんだよ⁉」

ダインが目を輝かせ、泥人形を観察する。

「本当に動きそうで怖いんですけど……大丈夫ですよね？」

エリナは不安げな顔をした。

「レイト、今度は私の人形を作ってみて」

「いや、人間の人形を作るのはさすがに無理だから……」

コトミンの言葉にレイトがそう言った。

ゴンゾウは泥人形を見つめ、レイトに聞く。

「こいつを訓練用の相手に見立てて、魔法を使うんだな？」

「そういうこと。みんなは下がっていてね」

レイトは泥人形から一定の距離《きょり》まで離れ、自分の得意とする打撃系の戦技も組み合わせて、攻撃を仕掛ける準備をする。そして彼が踏み出そうとしたとき、コトミンが彼の肩を叩いた。

「レイト」

「うわ、びっくりした⁉　な、何？」

「……さっき壊したガーゴイルの核はどこにやったの？」

「えっ……」

レイトは周囲を見渡し、先ほど砕《くだ》け散《ち》った核の欠片《かけら》が消えていることに気づく。

彼は次に、自分が作り出した泥人形を見た。

すると、わずかにではあるが、泥人形が動いている。

『ッ……‼』

「あれ？　兄貴……この泥人形は動かすこともできるんですか？　すごいですね～」

感心したようにエリナが言うが、心当たりのないレイトは首を横に振る。

「えっ⁉　いや、そんな機能を付けた覚えはないけど……」

そのとき、泥人形の目が赤く輝いた。

「これは……まずい‼」

ガーゴイルの生態に詳《くわ》しいゴンゾウが声を上げ、即座に動き出した。

ゴンゾウは素早く泥人形に近づき、前蹴《まえげ》りを放つ。

「ぬんっ‼」

『シャアアッ‼』

しかし、泥人形は両手でキックをガードした。

「な、受け止めたっ⁉」

その光景を目撃した全員が戦闘態勢に入る。

そんな中、レイトはアイリスと交信を行う。

『アイリス‼』

『面倒なことになりましたね……ガーゴイルの核がその泥人形に入り込んだことで、自我《じが》が目覚《めざ》めたんです』

『マジで⁉　でも、壊したのになんで動いたの⁉』

『ガーゴイルの核には再生能力があるので、木っ端微塵《こっぱみじん》に砕かない限り何度でも再生しますよ』

『早く言ってよ‼』

『すみません。それと、核は破壊される度《たび》に段々強度《きょうど》を増しますからね』

アイリスとの交信を終え、レイトは仕方なく収納魔法を発動して退魔刀《たいまとう》を取り出した。

「みんな下がってて‼　俺がぶっ壊す‼」

「気をつけろレイト‼　こいつはさっきと様子が違うぞ‼」

「分かってる‼」

ゴンゾウにそう言って、レイトは退魔刀を握りしめて泥人形に接近する。

そのまま「剛剣《ごうけん》」を発動して攻撃しようとしたが——泥人形が跳躍《ちょうやく》して彼の頭上を飛び越えた。

『シャアッ‼』

「飛んだ⁉」

「嘘《うそ》っ⁉」

泥人形が着地し、標的《ひょうてき》を前方のコトミンに定めて駆《か》け出す。

全員がコトミンを救うために行動を開始するが、彼女は肩に乗せているスラミンに指示を出した。

「スラミン、『水鉄砲』‼」

『ぷるぷるっ‼』

その言葉を合図に、スラミンが口から大量の水を勢い良く放出した。小さな身体のどこにそれほどの水が入っているのか、という量である。

『シャギャアッ⁉』

水によって泥人形の表面の氷が溶《と》け、泥の身体がたちまち崩《くず》れてしまう。

「ええっ⁉」

レイトは驚くが、泥人形の身体から再生した核が露出しているのを見て、喜びの声を上げる。

「やった‼　核が出てきたぞ‼」

「任《まか》せてほしいっす‼」

エリナがボーガンを構え、矢を発射した。

矢は核を、溶解《ようかい》した泥人形の身体から弾《はじ》き出すことに成功した。

それを見たウルが真っ先に駆け出し、核を口で受け止めて噛《か》み砕く。

「ガアアッ‼」

「あ、ウル‼　拾い喰《ぐ》いはやめなさい、めっ‼」

「クゥ〜ンッ……」

「いや、今のは別に食べるつもりではなかった？　ごめんごめん、勘違《かんちが》いしたよ」

ウルはレイトに近寄り、口を開いて噛み砕いた核を掌の上に乗せた。

レイトはウルの頭を撫《な》でてやり、砕かれた核を見る。

すると欠片がまだ蠢《うごめ》いていることに気づき、その生命力に驚きつつ、彼は欠片を両手で包み込んだ。

「『重撃』」

レイトの両手に紅色の魔力がにじみ、欠片は重力の負荷《ふか》を受けて粉々《こなごな》に砕け散った。

両手を開けて欠片が動かないのを確認すると、レイトは安堵《あんど》の息を吐《つ》く。

「ふうっ……まさか復活するなんて驚いたな」

「ガーゴイルはゴーレムよりも再生力が高い。すまない……俺が注意しておくべきだった」

「ゴンちゃんのせいじゃないよ。不慮《ふりょ》の事故でしょ」

するとと、ダインが大声を出す。

「いや、そうかもしれないけどさ……事故の原因を作り出したのはお前だろっ⁉」

「そうだった、みんなに迷惑《めいわく》をかけてごめんなさい」

「仕方ない奴だな……まあ、許してやるよ」

レイトが謝罪《しゃざい》すると、ダインはあっさりそう言った。

レイトは掌に残ったガーゴイルの核に視線を落とし、この状態では使い道がないので捨てようとした。しかしそのとき、コトミンが彼の前にヒトミンを差し出す。

「レイト、この子がそれを欲しがってる」

「えっ？　核の残骸《ざんがい》を？」

『ぷるぷるっ……』

ヒトミンがレイトの掌に張りついていた核の粉末を吸い上げた。

次の瞬間、ヒトミンの身体が赤く変色した。

その変化にレイトは驚き、ダインは何かを思い出したように言う。

「そういえば……スライムは水以外にも魔石を好むと聞いたことがある。もしかしてそいつ、ガーゴイルの核を吸収したんじゃないのか？」

「え？　ということはヒトミンもガーゴイルみたいになるの⁉」

「いや、体色が変わるだけだと聞いているけど……」

「なんだ……でも色が変わったから、スラミンと見分けが簡単につくようになったな」

『ぷるぷるっ』

『ぷるるんっ』

青と赤のスライムがコトミンの肩の上に移動する。こうして、二匹は一目で見分けられるようになった。

そのとき、訓練場に二人の女性がやってくる。

「たく、なんの騒ぎだいっ‼　こっちは会議中だよ‼」

「よく言うわね……良案が思いつかないからって、全員で討伐《とうばつ》に向かうなんて馬鹿馬鹿しい提案をしておいて」

「あ、バルに……マリア叔母《おば》さん」

やってきたのは黒虎のギルドマスターと「氷雨《ひさめ》」のギルドマスター、バルとマリアだった。

マリアはレイトの言葉に対し、複雑《ふくざつ》そうな表情になる。

「せめて叔母様と呼んでほしかったわね……なんの騒ぎかしら？」

レイトが答える前に、ゴンゾウが所属する「牙竜」のギルドマスター、ギガンが現れる。

「ゴンゾウ、お前もここにいたのか」

「師匠《ししょう》‼」

レイトが説明する前に、マリアが泥人形の残骸《ざんがい》に掌をかざす。

「これは……魔法の力で生み出したのかしら。それにこの魔力……レイト、あなたの仕《し》業《わざ》ね？」

「えっ⁉　分かるの？」

「私は姉さんと違って魔法が得意なの。それと、わずかに別の魔力も感じるわ……これは魔石、いやゴーレムかガーゴイルの核が入っていたのね？」

「うえっ⁉　そんなことまで分かるんですか？」

そう驚いたのはエリナだった。

マリアはエリナを見て、目を丸くする。

「あなたは……もしかしてエリナ？　ティナの護衛《ごえい》役の子ね。どうしてこんなところにいるの？」

マリアは、森人族《エルフ》の王女ティナの護衛であるエリナが、なぜこの場にいるのか不思議だったようだ。

「あ、どうも……お久しぶりです」

慌《あわ》ててエリナは頭を下げた。

レイトは、マリアがエリナを知っていたことに驚いて尋ねる。

「二人は知り合いなの？」

「あ、いや……あたしなんかがハヅキ家のマリア様の知り合いだなんて、恐れ多いっす」

「その名前を口にするのはやめなさい。私も姉も、今さら家に戻るつもりはないわ」

「す、すいませんっ‼」

ハヅキ家という単語が出てきた瞬間、マリアの表情が固くなった。しかしレイトが自分の顔を見ていることに気づき、慌てて取りつくろう。それでも彼女の怒気《どき》にスラミンとヒトミンが震《ふる》え上がり、コトミンとダインもゴンゾウの背中に隠《かく》れてしまった。

『ぷるぷるっ』

「……ぷるぷるっ」

「ガクガクブルブルッ……‼」

「いや、ダインはちょっと怯えすぎじゃないっ⁉」

レイトが思わずツッコんだ。

「しょ、しょうがないだろ⁉　というかお前はなんで平気なんだよ⁉」

「割と怖いものは見慣れてるから」

すると、マリアが今度はダインを見る。

「あら……そっちの子もどこかで見覚えがあるわね。たしかクヌギ……だったかしら？」

「誰だよ‼　文字数しか合ってないよ‼　ぼ、僕はゴレムの街のダインだ……ですっ」

「ああ、思い出したわ。昔、あなたのギルドに預《あず》けられていた子ね」

マリアがバルに言うと、彼女は豪快《ごうかい》に笑い声を上げた。

「そうそう。よくあたしの訓練から逃げ出していたどうしようもない奴さ」

そのとき、ギガンと話し込んでいたゴンゾウがレイトに話しかける。

「レイト、師匠から聞いたぞ。まさか金剛《こんごう》と呼ばれた師匠の肉体に傷をつけるとは……すごいな」

「ゴンゾウ、こいつはお前の良い強敵《とも》になるだろう。お互いに精進《しょうじん》することだ」

「押忍《おす》っ‼」

「……暑苦しい」

ゴンゾウとギガンのやり取りに、コトミンがそう言って二匹のスライムを抱《かか》えてレイトのもとに移動した。

「それでいったいなんの騒ぎだったんだい？　また何かしでかしたのかい？」

「いや、ちょっと色々あって……ガーゴイルとゴーレムもどきをぶっ倒した」

「ガーゴイルとゴーレム……うちの訓練場にそんな危険な奴らが居着いてたのかい？　レ

イト、あんたの仕業じゃないだろうね」

「そんなことより、私からレイトに話したいことがあるんだけど、構わないかしら」

「あ、ああ……別にいいよ」

上手《うま》くマリアが話題を逸《そ》らしてくれたおかげで、レイトはバルの説教を免《まぬか》れた。

レイトが感謝の意を込めて会釈《えしゃく》すると、マリアはウインクで応《こた》える。

そして彼女は、天井を見上げて手を叩いた。

「シノビ、こちらに来なさい」

「はっ‼」

その言葉を合図に、天井から何者かが飛び下りてきて、マリアの近くに着地した。

「うわっ⁉　だ、誰だ⁉」

「いつの間に……⁉」

ダインとゴンゾウは驚くが、レイトは以前、エリナとコトミンから誰かが自分達を尾行《びこう》していると知らされていたため、彼がその人物だと判断する。

「紹介するわ。私のギルドに所属するシノビよ。ほら、挨拶《あいさつ》しなさい」

「シノビ・カゲマルと申す……よろしく」

そう言って頭を下げたのは、身長が百八十センチを超《こ》える黒髪の男性だった。全身に黒《くろ》装束《しょうぞく》をまとっている。顔の下半分は黒頭巾《くろずきん》で覆《おお》われているが、わずかに見える素顔は端整《たんせい》な顔立ちだった。

「ごめんなさいね。シノビは人見知りが激《はげ》しいの。話し方がおかしいのは気にしないで」

「なんだいそいつは……そんな奴がいるなんて聞いていないよ」

バルがカゲマルを胡散臭《うさんくさ》そうに見た。

ギガンはシノビという名を聞いて眉《まゆ》をひそめる。

「シノビだと……まさか、東洋に存在する和国《ワコク》の忍者か？」

「その通り、俺は和国から訪れた忍《しのび》だ」

「おお、イケメンっすね‼　でもあたしは年下が好みなので……」

エリナが残念そうに言った。なお、森人族《エルフ》である彼女の実年齢は七十を超える。

「いや、ここにいる全員がエリナよりも年下だと思うけど……」

レイトは冷静に指摘したあと、カゲマルに尋ねる。

「あの、シノビさんは俺達のことをずっと尾行してたんですか？」

「その通りだ。それと俺のことはカゲマルと呼べ。シノビと呼んでいいのはマリア様だけだ」

するとマリアがジロリとカゲマルを睨《にら》む。

「シノビ、彼は私の甥《おい》よ？」

「……失礼しました」

「よろしい……ごめんなさいね。氷雨《うち》の子があなたにちょっかいを出さないか心配だったから、彼に護衛を命じていたの」

「そうだったんですか……」

　レイトの予想通り、カゲマルはエリナとコトミンが告《つ》げていた尾行者であった。彼は以前レイトが戦った吸血鬼《ヴァンパイア》のゲインにも匹敵《ひってき》する隠密能力を持っており、彼がその気になればレイトは簡単に命を奪《うば》われていただろう。

　マリアは言葉を続ける。

「シノビは私の配下の中で、最も腕の立つ冒険者よ。だけど、彼でも今回の任務《にんむ》はきついかもしれないわね」

「任務？」

　レイトが聞くと、マリアが詳しく説明する。

「どうせ隠したところでしょうがないしね……昨日、腐敗竜の調査に向かわせた暗殺者達が帰ってきた。でも腐敗竜にたどり着く前に、アンデッドの大群《たいぐん》に襲われて退散《たいさん》したのよ」

「アンデッド？　まさか墓場にでも立ち寄ったんですか？」

　その質問には、ギガンが代わりに答えた。

「そんなわけないだろう……現在、草原に大量のアンデッドが湧《わ》き出している。しかも腐敗竜を守るように、山村を囲って徘徊《はいかい》している」

　ギガンに続いて、バルも言う。

「アンデッドは生物の気配……というか存在を感じ取れるからね。いくら暗殺者の職業が隠密に特化した能力を持っていようと、あいつらには気づかれちまう。だから調査は諦《あきら》めようとあたしは言ってるんだけど……」

「正確に言えば隠密と速度に特化した職業ね。シノビ、あなたなら問題ないでしょう」

「承知《しょうち》」

　マリアの言葉にカゲマルが頷いた。バルは不安そうだが、敵の調査を行いたいのは同じなので、あえて何も言わない。

「だけどカゲマルさんもアンデッドには気づかれるんじゃ……」

「問題ない、逃げればいいだけだ」

「彼の足の速さは俊足《しゅんそく》の魔物、サイクロプス顔負けよ。そこの白狼種《はくろうしゅ》のワンちゃんにも劣《おと》らないわ」

「グルルルッ……‼」

「ふっ……勝負するか？」

　ウルとカゲマルが睨み合う。

　レイトは二人を無視して、腐敗竜に襲われたバルトロス王国の王女、ナオの容態《ようだい》をバルに聞くことにした。

「バル……ナオの様子は？」

「安心しな……とは言えないね。身体の治療《ちりょう》は終わっているが、未だに目覚めていない。あとであんたも見舞いに行きな。姫様とは知り合いなんだろう？」

「……………」

バルの発言にマリアは複雑な表情を浮かべる。彼女はレイトとナオが義姉弟《ぎきょうだい》であることを知っており、レイトとあまり関わってほしくないのだ。

レイトとしては、ナオのことは義姉弟というより友人だと思っている。彼女には、森を出たばかりの頃に助けてもらった恩がある。

レイトはアイリスと交信する。

『アイリス、ナオを救う方法はないの？』

『彼女が目覚めない原因は、精神的ダメージですからね。身体の問題なら解決できますけど、さすがに精神面はどうしようもありませんよ。彼女が立ち直るまで待ちましょう』

『そっか……』

『それよりもアンデッドの大群が問題です。どうやらキラウは他の死霊使い《ネクロマンサー》を集めて、腐敗竜を都市に襲撃させる前にアンデッドの軍勢を送り込むようですよ』

『えっ⁉』

『まあ、生まれたばかりのアンデッドなんてこの街の冒険者だけでも対応できますけど、問題なのは都市の内部に潜《もぐ》り込んだ旧帝国《エンパイア》の手先ですね。こいつらをなんとかしないとのちのち困ったことになりますから、今のうちに始末しましょう』

『つまり……殺すの？』

『そのほうが手っ取り早いですけどね。ギルドに連《つ》れていって情報を吐かせる必要がありますから、今回は捕《つか》まえるだけにしましょう。とはいえ、今のレイトさんにはちょっと荷が重いので、仲間の方々の力を借りたほうが良いですね。そしたら普通に勝てますよ』

『分かった』

交信を終え、レイトはひとまず都市に入り込んでいるという旧帝国《エンパイア》の手先の対処を自分達で行うことにする。

「エリナ、悪いけどライコフを探しに行った森人《エルフ》族の人達を呼び出してくれない？」

ライコフとは、かつてレイトを陥《おとしい》れようとした森人《エルフ》族の男である。牢屋《ろうや》に捕まっていたのだが脱走し、行方《ゆくえ》知れずとなっている。

「え？　急にどうしたんですか？」

「少し頼みたいことがあって……コトミンとスラミンとヒトミンとウルも手伝って」

「私も？」

『ぷるぷるっ？』

「ウォンッ？」

名前を呼ばれた一人と三匹が首を傾《かし》げた。

続いて、レイトはダインとゴンゾウにも協力を願う。

「二人にも手伝ってほしいことがあるんだけど、いいかな」

「な、なんだよ急に……こんなときに何をする気だ？」

「俺は構わないが……」

すると、バルがレイトをジロリと見た。

「おいおい、また抜け出す気かい？　今度は何をしでかすつもりだ？」

「ちょっと用事があってね……」

「……そうかい。まあ、あんまり無理はするなよ」

レイトの真剣な表情を見たバルは、彼の意志を尊重《そんちょう》してそう言った。

他の人間もただごとではないと悟《さと》ったのか、何も言わない。

レイトがみんなを連れて建物を出ようとしたとき、マリアが彼を呼んだ。

「レイト……これを持っていきなさい」

「え？　あの……これは？」

「あなたの母親のものよ……決して手放さず、大切にして」

マリアが差し出したのは、銅製の髪飾《かみかざ》りであった。それはレイトの母親であるアイラが、幼少の頃に彼女の父親からもらったものである。その髪飾りには複雑な因縁《いんねん》があることを、レイトは以前マリアから聞かされていた。

　これはマリアにとっても大切なものであるはずだ、とレイトは考えた。そして、そんなものを受け取っていいのかと迷《まよ》ったが、マリアは彼の手を取って強引に押しつける。

「必ずあなたの手で母親に渡しなさい。約束よ」

「……はい」

　髪飾りを握りしめ、レイトは静かに頷いた。そして彼は、旧帝国《エンパイア》のスパイを狩《か》るために仲間とともに訓練場をあとにした――

　建物を出たあと、レイトは即座にアイリスと交信を行い、都市に入り込んでいるという「旧帝国《エンパイア》」の手先の居場所を尋ねる。

『アイリスぅううううっ‼』

『うわぁっ⁉　びっくりした‼　なんで急に、心の中で叫び声を上げるんですかっ‼』

『熱い思いを伝えたくて……』

『そういうテンションは愛の告白のときだけにしてください。まったくもう……敵の居場所ですね？』

『こちらス○ーク、情報を求める』

『唐突《とうとつ》なメタル○ア……本当にレイトさんはそのネタが好きですね。じゃあ、情報を教えますよ』

いつも通りの冗談《じょうだん》めかしたやり取りをし、今度は真面目《まじめ》にアイリスから敵の情報を聞く。

彼女の話によると、手先は複数人存在するので、迅速《じんそく》に行動して捉《とら》える必要があるとのことだった。

『今回の標的は三人です。以前解決した武装ゴブリン事件のときと違って、時間はかけられませんから急いで行動してください。全員が賞金首なので、捕まえれば賞金も手に入りますよ』

『賞金首か……麦わら帽子を被《かぶ》っている人がいないといいけど……』

『そんなゴムっぽい大物はいませんからっ‼　ただの小悪党ですよ‼』

アイリスからツッコミを受け、レイトは彼女との交信を終える。それから彼は仲間達に言った。

「みんな、俺は今からとある賞金首を捕まえに行く。だから手伝ってほしい」

「賞金首⁉　こんなときに⁉」

賞金首が旧帝国《エンパイア》の手先だと知らないダインが、驚愕の声を上げた。驚いているのは他の仲間達も同様である。

アイリスから聞いた情報は、レイトしか知らない。本当のことを説明できない以上、彼は怪《あや》しまれない程度に嘘を交えて説得するしかない。

「こんなときだからこそだよ。腐敗竜の件で、今の俺達は何もできないでしょ？　街の外にも出られない状況だし……」

するると、ゴンゾウが首を捻りながら言う。

「それはそうだが……事態が急変したときに備《そな》えて、ここにいるべきなんじゃないか？」

「賞金首を野放しにしていたら、都市の人々が危険だよ」

「兄貴は賞金首の居場所を知ってるんですか？」

エリナの問いに、レイトは頷く。

「知ってる。というか、実は昨日偶然《ぐうぜん》突き止めたんだ」

「え⁉　そうだったのか……」

ダインが感心したように言った。

ゴンゾウが再びレイトに問いかける。

「事情は分かった……だが、相手はどんな奴なんだ？」

レイトはアイリスと交信して手先の名前を聞き、ゴンゾウの質問に答えた。

「えっと……俺が見つけたのはバルガル、マガリ、ファルカドって奴だよ」

そう言った瞬間、ダインは目を見開く。

「はあっ⁉　ど、どいつも高額賞金首の殺人鬼じゃないかっ⁉　そんな奴らを捕まえるっていうのか⁉」

ダインの言葉通り、冒険都市に潜伏《せんぷく》している三人の手先は全員が幹部《かんぶ》クラスの大物であり、凶悪《きょうあく》な殺人鬼でもある。ゲインほどの強さではないにしろ、各々《おのおの》が相当な実力者であることは間違いない。

レイトは少々心苦しかったが、さらに嘘をつく。

「あいつらの顔を見たとき、俺はその場で戦闘を仕掛けたらまずいと思った。だから気づかれないように尾行して、奴らの居場所を突き止めたんだよ」

「そ、それならどうして僕達に話すんだよ？　相手は大犯罪者なんだぞ⁉　普通はギルドに報告するんじゃ……」

取り乱すダインに対し、レイトは首を横に振って言う。

「いや、正直《しょうじき》に言えばギルドには報告したくない。実は三人の他に冒険者らしき人間が一緒にいたのを見かけた。どこのギルドに所属しているのか分からないけど、多分そいつが情報を売っている」

「なるほど……内通者というわけですか。下手《へた》にギルドに報告すれば、情報が漏《も》れる危険性があるんですね‼　さすが兄貴っす‼」

「レイト、頭が良い」

『ぷるぷるっ』

目をキラキラさせてレイトを称讃《しょうさん》するエリナ。コトミンやスライム達も、彼を褒《ほ》めた。

だが、ダインはまだ不安げな表情で反論する。

「で、でもさ‼　どう考えても僕達だけでどうにかなる相手じゃないだろ。今からこっそりバルやマリアさんやギガンさんに相談したらどうだ？」

「バル達は腐敗竜の件で忙しいだろ。これ以上負担《ふたん》をかけたくないよ」

「それはそうかもしれないけどさ……その、本当に勝てると思ってるのか？　全員合わせて何百人も殺してる大悪党が相手なんだぞ？」

勝算に関して言えば、レイトは必ず勝てるという確信があった。それはアイリスも保証している。

そのため、彼はダインを安心させるように言う。

「俺達なら大丈夫さ。こっちには巨人族《ジャイアント》のゴンゾウという戦士と、森人族《エルフ》のエリナというスナイパーがいる。あとは感知能力に長《た》けた人魚族のコトミンと白狼種のウルとスライム二匹、そして何より、将来は大魔導士になる予定のダインもいるよ」

「むっ」

「へへっ……照《て》れるっす」

「任せて」

『ぷるるんっ（×2）』

「そ、そう言われると悪い気はしないな……仕方ない!!　やってやるよ!!」

レイトに激励《げきれい》されたことで、ダインを含む全員がやる気を見せた。

レイトは感謝しながら、アイリスとともに考えた作戦を伝える。

「じゃあみんな、よく聞いて――」


――三十分後、レイト達は冒険都市の西部に位置する建物の前にいた。アイリスの情報では、この建物は冒険者を三十人以上も殺したバルガルという賞金首の隠れ家《が》だという。しかも中には彼以外に、数人の手下がいるらしい。

レイトはまず、エリナを近くにある建物の屋根の上に移動させた。もし敵が建物から逃げ出した場合、そこから狙撃《そげき》をしてもらうのである。さらに、狙撃しそこねた場合に備え、向かい側の建物の路地裏《ろじうら》にはコトミンとウルを待機させた。

そしてレイトとゴンゾウとダインは、フード付きの外套《がいとう》で全身を覆《おお》い隠している。旧帝国《エンパイア》の人間のフリをして、隠れ家に侵入《しんにゅう》しようと考えたのだ。

中に入る直前、ゴンゾウとダインがレイトに話しかける。

「レイト……作戦は上手く行くのか？」

「ほ、本当に一人でいいのか？　やっぱり僕も一緒に……」

「大丈夫だって……もしも俺が家の中に入って三分以上経《た》ってても出てこなかったら、そのときは助けに来てね」

「分かった」

「ううっ……き、気をつけろよ」

ゴンゾウとダインの言葉に頷き、レイトは錬金術師《れんきんじゅつし》の専用スキルである「物質変換」と「形状高速変化」を発動した。そして右手に握りしめていた大きな石を、剣と槍《やり》が交差した紋章《もんしょう》が刻《きざ》まれた黒色の金属板に変形させる。これは旧帝国《エンパイア》の人間ということを示す証《あかし》である。

レイトは慎重に入口の扉を三度叩き、一定の時間のあとに今度は四回叩く。

すると、扉の向こうから返答があった。

『……合言葉は？』

「帝国に栄光あれ」

アイリスから教えてもらった合言葉を唱《とな》えるレイト。

『入れ』

その言葉と同時に、ガチャリと鍵《かぎ》が開錠《かいじょう》された。続いて扉が開かれ、片腕が義手の男性が顔を覗《のぞ》かせる。

彼はレイト達を見て、訝《いぶか》しげな表情を浮かべる。

「……誰だお前らは？　いつもの伝令役はどうした？」

この質問が引っ掛けであることを、レイトは事前にアイリスから聞いていた。そのため、冷静に男の質問に答える。

「いつもの？　お前のほうこそ何を言っている。伝令は毎回違う人間を使っているだろう」

「そうだったな……すまない、中に入ってくれ」

男はそう言って、レイトに掌を出した。証の金属板を見せろ、ということだろうとレイトは推測する。

彼は内心冷や汗をかきながら、先ほど変形させた証を手渡した。

レイトの「物質変換」と「形状高速変化」は万能ではない。このスキルによって作られたものは、彼の手から離れて十秒以上経過すると元の物質に戻ってしまうのだ。

そのため、男が確認に十秒以上かけたらたちまち偽物《にせもの》だとバレてしまうのだが……

「……ああ、本物だな」

幸い、男は適当に確認しただけで証をレイトに返却した。

気を取り直し、レイトは男に尋ねる。

「バルガルはいるか？」

「バルガルさんだ。口のきき方に気をつけろ……あの人は幹部だぞ」

「そうだったな……お前達はそこで待っていろ」

「「…………」」

レイトがゴンゾウとダインに高圧的に指示を出すと、彼らは無言で頷いた。こうすることで、彼らをレイトの部下だと男に思い込ませたのである。

レイトの作戦により、ゴンゾウとダインは自然に入口を固めることに成功した。

隠れ家の中に入ると、男がレイトに尋ねる。

「今日はなんの用事だ？　まだ決行日まで時間はあるだろう？」

「まずはバルガルに会わせろ。見張りの人間も全員呼んでこい。説明はそのあとだ」

「おい、『さん』を付けろと言ったよな？　調子に乗るなよ……言っておくが俺はあの人の右腕だぞ？　口のきき方に気をつけ――」

男が言い終わる前に、レイトは彼の口を押さえた。近くに他の人間が見当たらなかったので、行動を開始することにしたのである。

「ご苦労様」

「ふぐっ……!?」

レイトは相手の膝裏《ひざうら》に蹴《け》りを入れ、体勢を崩させたあとに左手を首筋《くびすじ》に当て、覚えたばかりの「電撃」をさっそく発動させる。

「痺れてろ」

「んぐぅううっ……!?」

高圧電流によって、男は気絶《きぜつ》した。

レイトはフードを脱《ぬ》ぎ捨てて、意識を失った男を部屋の隅《すみ》にどかし、彼自身は壁《かべ》に貼《は》りついて暗殺者の技能スキルを全て発動させる。これで彼は他の人間に気づかれにくくなった。

そのとき、異変に気づいたらしい眼帯《がんたい》を巻いた男がやってくる。

「おい、なんだ今の音は……なっ⁉」

「どうもっ」

レイトは「跳躍」のスキルを発動して一気に男に接近し、顔面に膝蹴《ひざげ》りを放つ。森で暮《く》らしていたときに木々の間を飛び回っていたおかげで鍛《きた》えられた彼の脚力は、補助魔法の力を借りずとも30レベル程度の人間であれば気絶させることは容易《たやす》い。

眼帯の男はそれほど強くなかったようで、一撃で昏倒《こんとう》した。

「おい‼　異常があったのか⁉」

「何が起きた⁉」

さすがに音を立てすぎたらしく、廊下《ろうか》の中に何人かの手下が姿を現した。

その中にバルガルと思《おぼ》しき人物がいないことを確認したレイトは「身体強化」を発動させ、彼らに向けて拳を振り抜く。

「『衝風《しょうふう》』‼」

「ぐはぁっ⁉」

「うぎゃっ⁉」

「がはぁっ⁉」

「衝風」はレイトが以前、森人族《エルフ》の護衛部隊の隊長を務《つと》めるリンダの「発徑《はっけい》」を真似《まね》して作り出した技術スキルである。

「衝風」による風の衝撃波《しょうげきは》によって、敵が次々と吹き飛ばされる。

「よし……これで全員かな」

そう呟いた瞬間、「電撃」を喰らって倒れていた男がヨロヨロと起き上がった。

「ううっ……な、なんだてめえっ……俺達が何者か知っているのか⁉」

「あれ、もう起きたのか……しぶといな、右腕というのは本当だったんだ」

レイトは感心しつつ、指先に初級魔法の「火球《かきゅう》」を発動する。そして指を男に向け、ポンッと放った。

「もうバレてるだろうし、邪魔だから悪いけど外に出てて」

「ああっ⁉　こんなもの……うぎゃあっ⁉」

男は憤慨《ふんがい》してナイフを構え、小さな火球をはたき落とそうとするが、火球は男の身体に触れる前に空中で停止して小規模の爆発を引き起こす。「火球」の魔法はレイトの意志で自由に爆破《ばくは》させせられるのだ。

爆風で吹き飛ばされた男は、入口の扉を突き破《やぶ》って外に飛び出す。

「うわっ⁉　な、なんだ⁉」

「人が吹っ飛んできた……まだ、生きてはいるな」

外にいたダインとゴンゾウが、男に近寄った。

「がはぁっ……ば、化け物……⁉」

「あ、まだ意識があるぞっ⁉　この、大人《おとな》しくしてろよっ‼」

「ふげぇっ⁉」

ダインが杖で男を殴り、完全に気絶させた。

一方、隠れ家の内部では、二階から獣人族《ビースト》の男が荒々《あらあら》しく階段を下りてきたところだった。酒の匂いを漂《ただよ》わせ、身体は痩《や》せ細っている。右腕には鎖《くさり》を巻きつけていた。

「おい、今の音はなんだっ⁉　喧嘩《けんか》なら外でやれと言っただろうが、くそっ‼」

「あんたがバルガルだな」

「あっ？　誰だてめえっ……？」

バルガルはレイトの姿を見て首を傾げ、廊下に倒れている部下の姿を見た。そして状況を理解し、舌打ちしながら足元の部下の頭を蹴り飛ばす。

「ぐへっ⁉」

「ちっ‼　見張りも満足にできないのか、くそどもがっ‼」

「おい、やめろっ‼　殺す気かっ‼」

怒鳴《どな》るレイトを、バルガルが危険な目つきで睨みつける。

「うるせえ……俺は寝ているときに起こされるのが一番嫌なんだよっ‼」

バルガルは廊下に転《ころ》がる部下達を蹴り飛ばしながらレイトに近づいてきた。

レイトは両手を構えて魔法を発動しようとしたが、バルガルが右腕を振り回して、巻きつけていた鎖を放った。

「おらっ‼」

「くっ⁉」

レイトは「跳躍」を発動して回避《かいひ》するが、相手はなおも鎖を振り回して、壁や床を削《けず》りながら彼に攻撃を仕掛ける。

「おらよっ‼」

「『風刃《ふうじん》』……うわっと⁉」

魔法で対抗しようとしたレイトだったが、その前に鎖が彼の足に巻きついた。

「「レイト‼」」

ダインとゴンゾウが叫んだ。

バルガルは、レイトの足に絡めた鎖を引き寄せようとする。

「はっ‼　ちょろいもんだぜ……」

「なんてねっ‼」

だが、レイトが足を拘束されたのはわざとだった。彼は鎖に手を伸ばし、「形状高速変化」のスキルで鎖を操作《そうさ》して、バルガルの右腕に巻きついた部分を締《し》め上げる。

「うおおっ⁉」

バルガルはまさか自分の鎖が利用されるとは考えておらず、動揺《どうよう》して悲鳴を上げた。

その隙にレイトは鎖を解《ほど》き、右腕に意識を集中させ、電流を帯びた竜巻をまとわせて攻撃する。

「『撃雷』‼」

「ぐぇえええええっ⁉」

レイトの拳を受け、バルガルは派手に吹き飛んで壁に衝突《しょうとつ》した。バルガルのレベルが高かったので絶命《ぜつめい》は免れたが、意識を失ってしまった。

「おおっ‼」

「す、すごいっ⁉」

感嘆の声を上げるダインとゴンゾウ。

結果として、レイトは単独でバルガルに勝利したのだった。バルガルが酒を飲んでいた上に油断していたことも要因の一つだが、それ以上にレイトの戦い方が素晴らしかった。

彼がここまでの戦闘センスを持っていたとは、世界の管理者であるアイリスにも予想できなかった。

レイトは倒れたバルガルや手下達が死んでしまわないよう、念のため「回復強化」を発動して治療を施《ほどこ》す。そして外に待機させていた仲間達を呼び寄せ、手分けして彼らを拘束したのだった。

やがて、比較的軽傷《けいしょう》だった手下達が目を覚ました。彼らは恐怖と戸惑《とまど》いの表情を浮かべながら、レイト達に問う。

「ううっ……な、なんだよお前らっ⁉」

「俺達が誰だか分かってるのか⁉」

「賞金首でしょ？　金貨百二十枚のバルガルと、その手下達だよね」

「く、くそっ……‼」

すると、拘束した面々の顔を一人ずつ確認していたダインが、興奮《こうふん》気味にレイトに言う。

「おいレイト、バルガル以外の奴らも全員が賞金首だ。しかもこいつらみんな、金貨単位の額だぞ‼」

彼の話によると、拘束した人間全員を冒険者ギルドに引き渡せば、百五十枚近くの金貨をもらえるという。

「マジっすか‼　ぼろ儲《もう》けじゃないですか‼」

嬉《うれ》しそうな声を出すエリナ。

「取り分はレイトが二、私も二、あとは残りのみんなで一ずつ分ける、完璧《かんぺき》な配分」

ドヤ顔で言うコトミンに、ダインがツッコミを入れる。

「なんでだよっ‼　というか、スラミンとヒトミンとウルも数に入ってるよねそれっ⁉」

仲間達は喜んでいるが、まだ都市には二人の旧帝国《エンパイア》幹部が残っている。

事前に用意していた馬車に賞金首達を運び入れる途中、レイトはアイリスと交信して次の標的の位置を教えてもらった。運が良いことに、そのうちの一人である「マガリ」という女が単独行動を取っているらしい。

交信を終えたレイトは、ウルの背中に乗り込む。彼はバルガルを一人で倒したことで自信がつき、次は単独で向かおうと考えたのだ。

「みんな、悪いけど冒険者ギルドにこいつらを運んでおいてくれない？」

「え？　急にどうしたんだよ？」

「兄貴はどこに行くんですか？」

ダインとエリナの質問に、レイトは少し考えてはぐらかすことにした。

「えーっと……家に忘れ物をしてさ……すぐに戻るから先に行っててくれる？」

「構わんが……」

ダインは怪訝《けげん》な顔をしながらも、追及《ついきゅう》せずそう言った。

そのとき、コトミンがレイトの服の裾《すそ》を引っ張る。

「レイト、私も付いていく」

「いや、本当にすぐに戻るから大丈夫だって……あ、でもヒトミンは借りてくよ」

『ぷるぷるっ?』

レイトはコトミンの頭に乗っていたヒトミンを抱《だ》き上げ、自分の肩の上に置いた。ヒトミンには優《すぐ》れた感知能力があり、何かと役に立つだろうと考えたのだ。

こうしてレイトはみんなと別れて、マガリがいるという方角に向けてウルを走らせる。

「ウル、できる限り静かに走れよ……俺が合図したら止まって」

「ウォンッ‼」

ウルが馬を遥《はる》かに凌《しの》ぐ速度で、都市の中を疾走《しっそう》する。

十分もしないうちに、レイト達は目的の場所に到着した。そこは大通りで、かなりの人間が歩いている。この人数では、誰がマガリなのか分からない。

レイトはウルから降りて、指示を出す。

「ウル、お前はここで待機してろ」

「ウォンッ」

ウルから離れたレイトは「観察眼」のスキルを発動した。これは観察能力を高めるスキルだが、実は暗殺者の「隠密」や「気配遮断」のような、隠蔽《いんぺい》系のスキルを見破《みやぶ》ることもできるのだ。

「観察眼」で人々を見ていたレイトは、一人怪しげな気配を持つ人物を発見する。

その人物は黒色の外套を着た老婆であり、片足が義足らしく、歩きにくそうに道をゆっくり歩いていた。だが、周囲の人間はその老婆に気づいていないかのように彼女の横を素通りする。レイトも「観察眼」を使わなければ、間違いなく見落としていただろう。

レイトは肩に乗っていたヒトミンに指示を出す。

「ヒトミン、あのお婆さんを感知し続けてくれ」

『ぷるぷるっ』

「よし、いい子だ」

ヒトミンの感知能力ならば、老婆をマークすることは容易い。

レイトは「観察眼」を解除《かいじょ》し、時折ヒトミンに老婆の場所を確認しながら彼女をこっそり尾行する。

そのとき、彼の後ろを歩いていた母親と子供の話し声が聞こえてくる。

「お母さん‼　あのお兄ちゃん、赤いスライムを肩に乗せてるよ～？」

「あらあら……ペットかしら？　仲が良いわね」

「お母さん‼　私もスライム飼《か》いたいよ～」

「もう……しょうがない子ね。あとで魔物商に立ち寄りましょう。スライムがいるかは分からないけど……」

「うんっ‼」

赤いスライムはかなり珍《めずら》しいようで、意図せず人の目を集めてしまった。

そのとき、老婆が振り返って一瞬だけレイトを見て、路地裏に移動した。

「よし……油断するなよヒトミン」

『ぷるるっ』

レイトは腰に差している「反鏡剣《はんきょうけん》」を握りしめ、いつでも抜刀《ばっとう》できる体勢で老婆を追いかけて路地を曲《ま》がった。

次の瞬間、彼は杖を構える老婆の姿を目撃した。

「『シャドウ・フレイム』‼」

「っ‼」

老婆の持つ杖の先端《せんたん》の魔石から、黒色の炎のようなものが飛び出した。ただし迫《せま》りくる炎からは熱を感じず、これはダインも使用する影魔法の一種らしいとレイトは判断する。

やはり彼女がマガリに間違いない――レイトはそう思いつつ、反鏡剣を引き抜いて影の炎に斬《き》りかかる。

「『兜砕《かぶとくだ》き』‼」

「何っ⁉」

反鏡剣は魔法を跳《は》ね返す性質を持つ。刃に触れた影の炎は、左右真《ま》っ二《ぷた》つに斬り裂《さ》かれた。

予想外の出来事にマガリは動揺した。

レイトはその隙を逃さず、「跳躍」のスキルを発動して一気に彼女との距離を詰《つ》める。

「はあっ‼」

「ちぃっ⁉」

咄嗟にマガリは杖でレイトの斬撃《ざんげき》をガードしたが、勢いを殺しきれずに後方へ吹き飛ばされる。普通の木製の杖ならば反鏡剣を受け止められないのだが、彼女が装備《そうび》していたのは強度の高い世界樹で作られた杖であり、それが幸いして破壊は免れた。

「このっ……‼」

マガリは体勢を整《ととの》えて魔法を発動しようとしたが、その前にレイトが追撃《ついげき》の魔法を放つ。

「『衝風』‼」

「ぐへぇっ⁉」

風の衝撃波によって、マガリの身体が吹き飛ばされた。

マガリは苦悶《くもん》の表情を浮かべ、悪態《あくたい》をつく。

「く、くそがっ……‼」

「まだ意識があるんだ。魔術師だから普通の人間よりも魔法耐性が強いの……かなっ‼」

「ぐはっ⁉」

レイトがマガリに素早く近づき、腹部に反鏡剣の柄《つか》を叩き込んだ。

今度こそ気絶したマガリを、レイトは肩に担《かつ》ぐ。

「これで二人目……今のところは順調だな」

そのとき、アイリスの声が脳内に響く。

『油断しないでくださいよ。最後の大物が残っていますからね。その人物はファルカドといって、隠れている場所は――』

レイトはアイリスからファルカドの隠れている場所を聞いたあと、その場で口笛《くちぶえ》を吹いた。

口笛を聞き、離れたところで待機していたウルが駆け寄ってくる。

レイトはウルの背の上にマガリを乗せ、懐にあった紙に走り書きして首輪に挟《はさ》む。その手紙に彼は、この老婆がマガリという賞金首であることと、彼女を冒険者ギルドに引き渡したらあることをしてほしいと書いておいた。

「こいつを冒険者ギルドのみんなに引き渡して、手紙を読ませてくれ。俺は一旦《いったん》家に戻るけど、すぐに準備を整えて戻ってくるから」

「ウォンッ‼」

ウルは元気良く返事をして、猛《もう》スピードで冒険者ギルドに向かった。

レイトも「跳躍」のスキルを発動して建物の屋根の上に飛び乗り、自分の家に向かう。

するとまたもやアイリスの声が聞こえてきた。

『どうして家に戻るんですか？　何か忘れ物でもしました？』

「いや、実はさっき面白《おもしろ》い戦法を思いついたんだ。だからとある武器を取りに行きたくて」

『面白い……？』

アイリスが不思議そうな声を出した。

レイトは詳しく説明せず、家を目指して「跳躍」を続ける。そして家に到着し、目当ての道具を回収する。

それは以前、彼が狩猟祭《しゅりょうさい》で魔物を捕獲《ほかく》する際に使ったものであった。そのとき以来使う機会はなかったが、今の彼が持つ能力と非常に相性が良い武器であることに間違いない――

――レイトが冒険者ギルドに戻ると、ギルド内は二人の大物の賞金首が運び込まれたことで軽い騒ぎが起きていた。

彼は周囲を見渡し、大量の金貨と思われるものが入った袋を握りしめたゴンゾウ達の姿を発見する。

レイトが近づくと、ダインとゴンゾウが彼に気づいて怒ったように言う。

「あ、レイト‼　お前水臭い奴だなっ‼　どうして一人で勝手に賞金首を捕まえたんだよ⁉」

「うわ、ごめんって……」

「心配したぞっ‼」

気迫《きはく》に圧《お》され、思わず謝《あやま》るレイト。

エリナとコトミンも、怒っているようだった。

「兄貴、あんまり無茶しちゃ駄目《だめ》ですよ。兄貴に何かあったら、護衛役を任されたあたしが護衛隊長に怒られるんですから……」

「レイト、反省」

「ごめんって……ほら、煮干《にぼ》しあげるから許して」

「許す」

「あれっ⁉　ちょっとチョロすぎじゃないですかねコトミン姉さん⁉」

コトミンに煮干しを食べさせながら、レイトは再び周囲の様子を見る。

ギルドの職員と冒険者達が困惑した風に、全身を拘束されたバルガルとマガリを取り囲んでいた。二人は未だに意識を失ってはいるが、目を覚ましたら間違いなく暴れ出すだろう。

「……こんなときに賞金首狩りとはずいぶんと余裕があるね。何を考えてんだい、まったく」

そのとき、バルがレイト達のもとにやってきて呆《あき》れたように言った。

それと入れ違いで、仲間達が冒険者ギルドを出る。彼らは手紙に書いてあったあること・・・・をしに出掛けたのである。

「あ、バル」

「『あ、バル』……じゃないよ。どうしてあんたはいつも問題を起こすんだい……まあ、今回のことは認めてやるけどさ」

バルは疲れた表情を浮かべながら、レイトに小袋を手渡した。中身を確認すると、五十枚程度の金貨が入っている。取り分をギルド側で分けてくれたらしい。

レイトが収納魔法を発動して異空間に袋をしまうと、バルは彼に尋ねた。

「それで？　どうしてあんたらみたいなガキどもがバルガルとマガリを捕まえることができたんだい？　しっかり教えてくれるんだろうね」

「まだだよ。あと一人残ってる」

「……なんだって？」

眉をひそめるバルに、レイトは静かに告げる。

「ファルカド……そいつが隠れている場所を見つけた」

「……詳しく聞かせな。あたしの部屋でね」

賞金首の名前を出した途端《とたん》にバルの目つきが変わり、彼女はレイトを連れてギルドマスター室に移動する。

部屋に入って早々、バルは自分の椅子《いす》に座ってレイトと向き合った。

「あんた、あたしとファルカドの関係を知っているのかい？」

「関係……？」

レイトが首を捻ったとき、脳内にアイリスの声が響く。

『ファルカドという人物は殺し屋であると同時に情報屋です。自分が掴んだ冒険者の弱点を、情報として裏の人間に売り渡すことで生計を立てています。そして彼の情報によって、数多くの冒険者が殺されているんです……』

『なるほど……その中にはバルが面倒を見ていた人間も複数人存在するってことか』

『その通りです。バルさんは亡《な》くなった方々の仇《かたき》を討《う》とうとファルカドを追い続けていますが、今日に至《いた》るまであと少しのところで逃げられ続けています』

アイリスの話によってバルがただならない表情をしている理由を理解したレイト。

彼は少し考えて、話を合わせることにした。

「噂程度には……うちのギルドの人間が何人か殺されたって聞いたことがある」

「……十人以上は殺されてるんだよ。そのくそ野郎にねっ‼」

バルは忌々《いまいま》しげに頭を掻《か》きながら、机に拳を叩きつける。彼女の剛力《ごうりき》により、机の表面に罅《ひび》割れが生じた。

「それで？　ファルカドの奴はどこにいるんだい？」

「どこっていうか……この冒険者ギルドの向かい側の建物だよ」

「……マジかい」

バルは呆気《あっけ》に取られ、大きなため息を吐く。あまりのことに、気が抜けてしまったのである。

彼女は気を取り直し、窓を開けて真向かいの建物に目を向ける。

「あのくそ野郎……今度こそ逃がさないよ」

「あ、そっちじゃなくて隣《となり》のほうね。向かい側といっても、はす向かいだから」

「それを早く言いなっ‼　あたしがバカみたいじゃないかっ⁉」

「あんたが勝手に勘違いしたんだろ」

バルはばつの悪い表情をしたあと、壁に立てかけていた大剣を担ぎ上げる。

「改めて、今度こそ逃がさないよ……‼　レイト‼　あんたも付いてきなっ‼」

「あ、そのことなんだけどさ」

レイトが言い忘れていたことを伝えようとしたとき、ちょうど良いタイミングでギルドマスター室の扉が開き、彼の仲間達が入ってきた。

先頭のエリナがレイトを見て笑顔を見せる。

「兄貴、ここにいたんですね。指示通りに、はす向かいの建物でこそこそしていた人達を捕まえてきましたよ」

続いてダインが、縄《なわ》で手を拘束されているフードを被った男をぐいっと突き出す。

「こいつ、すごく抵抗して大変だったんだぞ。まあ、結局は窓から飛び降りたところを下で待機していたゴンゾウが捕まえたんだけど……」

「は？　なんだいあんた達、こんなときに……」

「いや、だからレイトに頼まれてこの男を捕まえたんだって。というかこいつ、いったい何者……うわっ‼　ファルカドじゃんか‼」

ダインが男のフードを取って顔を見た瞬間、大きな声を出した。他の仲間達も驚いている。この瞬間まで、彼らが協力して捕まえた男の正体《しょうたい》に誰も気づいていなかったようだ。

バルは眉をひそめて男の顔を確認し、目を見開く。

「ちょっ……まさかレイト、あんた⁉」

「いや、実はバルに報告する前に、みんなに捕まえてくれって頼んでおいたんだけど……まずかった？」

そう、レイトが手紙で頼んだあることとは、冒険者ギルドのはす向かいの建物にいる、怪しい男を捕まえてほしいというものだった。そして、その男こそがファルカドだったのである。

「この人、逃げ足が速かったから、ダインの影魔法がなかったら完全に逃げられてた」

「ああいうときは意外と役立つんですね、影魔法って」

　コトミンとエリナが言った。

　ダインはエリナの言葉に噛みつく。

「どういう意味だよ⁉　僕のおかげでこいつを捕まえられたんだぞ⁉」

「でも一度は逃げられちゃったじゃないですか。ただの『光球《こうきゅう》』の魔法で影魔法が破られた時は焦《あせ》りましたよ」

　言い合いをし始める二人を置いておいて、レイトはバルの脇腹《わきばら》を肘で突っつく。

「……ほら、仇なんでしょ？　あとは頼んだよ」

　バルはまだ戸惑っていたが、レイトの言葉に頷いてファルカドの身体を片手で持ち上げる。

「このっ‼」

「ふげぇっ⁉」

　バルに放り投げられ、壁に激突《げきとつ》したファルカドは情けない声を上げた。

「おおっ……さすがだな」

　その光景を見て、ゴンゾウは感心したように言う。

　しかし彼女は意に介さず、両手の指の骨を鳴らしながらレイト達に言った。

「あんた達はもう出ていきな。ここから先は子供が見るもんじゃないよ」

するとエリナとの言い合いを終えたダインが、不思議そうに言う。

「いや、僕はもう成人してるけど……」

「……人間の爪《つめ》が剥《は》がれる光景を見たいのかい？」

「ひぃっ⁉」

バルの発言にダインは慌てて部屋から飛び出し、他の人間も彼のあとに続く。

全員が退室したあと、バルは、鼻血を噴《ふ》き出しながら床にへたり込むファルカドに目を向ける。

「よく分からないが、うちのガキどもには感謝しないとね……さて、本当の地獄はここからさ。ちょうど良かったよ。この前、長年追い続けていた吸血鬼《ヴァンパイア》が勝手に死んじまって、誰かで憂《う》さを晴らしたいと思っていたところでね」

バルはそう言って、ファルカドの顔を鷲掴《わしづか》みにした。

「む、むぐぅうっ……⁉」

「あんたは生かして帰さないよ。楽に死にたければ、今まであんたが情報を売っていた組織のことを洗いざらいしゃべりなっ‼」

——こうして、バルによるファルカドへの尋問《じんもん》が始まった。

それからしばらくの間、ギルドマスター室からは殴りつけるような音と、ファルカドの悲鳴が響き渡る。そして悲鳴が聞こえなくなると、部屋に回復魔導士が入って治療をし、再び尋問が再開されるのだった。

ファルカドは過酷《かこく》な尋問に耐え切れず、ついに彼が今まで取引をしていた闇組織の情報を吐く。その情報によって、バルガル、マガリ、ファルカドの三人が旧帝国《エンパイア》の一味ということも判明した。

そしてバルは、ファルカドから非常に重要な情報を聞き出すことに成功する。腐敗竜を完全に復活させようとしている者が、旧帝国《エンパイア》に雇《やと》われた死霊使い《ネクロマンサー》だということが明らかになったのだ――

2

――冒険都市内にてレイト達が旧帝国《エンパイア》の手先を捕縛《ほばく》したのと同時刻、腐敗竜がいるとある山村で深刻《しんこく》な事態が起きていた。

バルトロス王国の王女ナオが率《ひき》いるヴァルキュリア騎士団と戦った腐敗竜が、一人の吸血鬼《ヴァンパイア》の支配下に置かれてしまったのだ。

腐敗竜を操《あやつ》ることに成功したその女性はキラウという通り名で知られ、世界最高の死霊使《ネクロマンサー》いとして、裏社会では英雄視される人物である。

キラウは自分の目の前で横たわる腐敗竜に、ゆっくりと語りかける。

「ああ……愛《いと》おしい我《わ》が子、あなたはどうしてそこまで醜《みにく》いのかしら」

『ブフゥウウウゥッ……』

瞼《まぶた》を閉じたまま動かない腐敗竜。その姿を見て、キラウは口元に笑《え》みをたたえる。

キラウの容姿《ようし》は少女のように幼い。元々森人《エルフ》族だった彼女は、吸血鬼《ヴァンパイア》として生まれ変わったときから外見が成長していないのだ。

「あと少しよゲイン……もう少しで私の復讐《ふくしゅう》は果たされる」

キラウは、バルの両親を殺害したゲインという男を吸血鬼《ヴァンパイア》に変えた人物であり、彼のことを非常に可愛《かわい》がっていた。あくまでそれは気に入った玩具《おもちゃ》程度ではあるが、それでもその玩具を人間に壊されるのは腹立たしいのである。

キラウは腐敗竜から目を離し、背後にいる四人の眷属《けんぞく》を見る。

眷属達は全員、血のように赤い瞳《ひとみ》をしており、中には犬歯《けんし》が異様に発達した者もいた。

「お前達の出番は近いわ。準備をしなさい」

「はっ……」

「分かりました……」

「ああ……ううっ」

「頭が……」

　四人のうちの二人はキラウの命令に頭を下げて応えたが、残りの二人は頭を押さえてうずくまっている。キラウはその二人に歩み寄ると、子供にするように頭を撫でた。

「なかなかしぶといわね。大抵の人間は私の眷属になった時点で意識を支配されるのに、まだ抗《あらが》えるなんて……だけど無駄よ。私の力には何者だろうと逆《さか》らえない」

「や、やめろ……俺は吸血鬼《ヴァンパイア》になんてなりたくない……‼」

　抵抗する一人が、苦しげに言った。

「なぜ？　永遠の若さと命を約束されるのよ。素晴らしいことじゃない」

「嫌だ……魔物になんてなりたくなっ……げはぁっ⁉」

「しょうがないわね……完全な支配まで、もう少し時間がかかるかしら」

　キラウはため息を吐き、再び腐敗竜を見る。現在、彼女はこの竜の回復をしているのである。

　腐敗竜の肉体はすでに死亡しているため、傷を自力で治《なお》すことはできない。そのため、ヴァルキュリア騎士団との戦闘で受けたダメージを、とある方法で回復させなければならないのだ。

　そのためには、大量の餌《えさ》が必要である。

　――アァアアアアアッ……‼

「あら、やっと次が来たのね」

遠くから聞こえる呻《うめ》き声に気づき、キラウがそちらを見る。

しばらくして、全身が腐《くさ》った魔物の群《む》れがやってきた。

大量のゴブリン、オーク、コボルト、さらにはトロールや赤毛熊《ブラッドベア》といった魔物のアンデッドが、一列に並んでいる。その先頭には魔物を操る死霊使い《ネクロマンサー》の女性がおり、彼女はキラウの前に移動すると青い顔で跪《ひざまず》いた。

「……新しい贄《にえ》が用意できました」

「ずいぶんと遅《おそ》かったわね。さあ、早くこの子に与えなさい」

「は、はい……」

死霊使い《ネクロマンサー》の女性が杖を振ると、アンデッドの群れは腐敗竜の前に移動した。

その光景を確認したキラウは、ゆっくりと自分の杖を天に掲《かか》げ、腐敗竜に指示を与える。

「喰いなさい」

『オァアアアアッ……‼』

その一言によって腐敗竜が瞼を開け、鳴き声を漏らしながら巨体を起こす。そして巨大な口を開けて、自分の目の前にいるアンデッドの群れを一気に呑《の》み込んだ。

――ギャアアアアアッ……‼

魔物のアンデッド達は、悲鳴を上げながら次々と腐敗竜に食べられる。

すると、徐々に腐敗竜の全身に異変が生じる。魔物を食べるごとに傷が再生され、さらに肉体が徐々に肥大化《ひだいか》してきたのだ。腐敗竜が誕生《たんじょう》した際の全長は二十メートル程度だったが、この「回復」を続けたことで、現在では三十メートル近くにまで肥大化していた。

「ふふっ……美しいと思わない？　これが竜種《りゅうしゅ》の姿よ」

「…………」

「あら……もう使い物にならなくなっていたのね」

キラウが隣の女性を見ると、彼女は目や口から血を垂《た》れ流して立ち尽《つ》くしたまま絶命していた。大量のアンデッドを操ったことで肉体に負荷がかかりすぎ、死んでしまったのである。

彼女は絶命した女性のことを気にも留《と》めず、次の魔物を呼び寄せる死霊使《ネクロマンサー》いを選出する。

「あなたでいいわ。次の贄を連れてきなさい」

「分かりました……」

選ばれたのは、四人の眷属からやや離れた位置にいた女性だった。その周囲には、まだ何人もの死霊使《ネクロマンサー》いがいる。全員が、旧帝国《エンパイア》に所属する死霊使《ネクロマンサー》いだった。

指示を出したキラウは、自分の杖先に取り付けた宝玉《ほうぎょく》に視線を移す。この宝玉は高純《こうじゅん》度《ど》の魔水晶と、オリハルコンと呼ばれる金属を組み合わせた特別なものであり、彼女が旧帝国《エンパイア》に依頼された仕事を引き受けるために用意させた代物である。

もっとも、彼女に宝玉を渡した旧帝国《エンパイア》は半壊《はんかい》している。キラウは彼らを用済みと判断し、幹部を次々と始末したのだ。そのため、彼女には仕事をこなす義理はない。

それでもキラウが冒険都市に襲撃を仕掛けようとしているのには、二つの理由がある。

一つは、吸血鬼《ヴァンパイア》と化した自分を追放した森人族《エルフ》に復讐するべく、王族であるティナを殺すため、そしてもう一つは、氷雨のギルドマスター、マリアを殺害するためだった。ゲインの仇討《あだう》ちは、あくまでおまけに過ぎない。

「許さない……森人族《エルフ》も、人間も、滅《ほろ》びればいいのよ」

憎悪《ぞうお》のこもった声で独《ひと》り言《ごと》を呟くキラウ。

彼女は冒険都市を滅ぼしたあと、次は森人族《エルフ》の領地に攻《せ》め入る計画を立てている。完璧な計画のはずだった。

しかし、彼女は自分の計画を見抜いている人間が都市にいることを知らない。そしてすでにその人物が、都市を守るために対策を立てていることにも気づいていないのだった。

◆　◆　◆

腐敗竜が発見されてから三日が経過した。

現在、冒険都市近辺の村や町からは、大量の避難民が都市に押し寄せている。腐敗竜の存在が一般にも知れ渡ったのだ。

実際に腐敗竜出現の影響で生まれたアンデッドの群れが、すでにいくつかの集落を襲撃しており、被害者も出ている。そのため、彼らは都市に保護を求めているのである。

場面は黒虎の冒険者ギルドに移る。ここでは現在、腐敗竜への対策会議が行われていた。

ギルドにはバル、マリア、ギガンの三人のギルドマスターが集まっている他、アルトというバルトロス王国の将軍が同席している。彼は国王から冒険都市の軍隊を任されているが、年齢は十六歳と若い。先代の父親の職務《しょくむ》を引き継《つ》いだだけで、彼自身は戦《いくさ》の経験が一度もなかった。

アルトは不満そうな表情で発言する。

「……御三方とはお久しぶりですね。最後に会ったのは、二か月前に行った狩猟祭の開催《かいさい》時期についての会議でしょうか」

「そうなるのかしら？　バル、あなたは覚えてる？」

「あたしに話を振るなよ、マリア……あのときはどうだったかねぇ……」

「たしかにいたぞ。お前達、もう忘れたのか？」

アルトの言葉にマリアとバルは面倒そうに対応し、ギガンだけは一応真面目に答える。

そんな三人の反応を見て、アルトは拳を握りしめた。彼は自分が軽《かろ》んじられることに怒っているのだった。ただ、自分が若輩《じゃくはい》なのは事実であるため、表情は取りつくろっている。

気を取り直し、アルトは話を進めることにした。

「現在の腐敗竜の様子はどうなっているのか、教えていただけますか？」

彼の質問に、マリアが答える。

「私の配下の報告によると、腐敗竜は最初に誕生した山村から動いていないそうよ。天候を操る魔法か、あるいは魔道具を使っているのか、山村の上空には常に黒雲が漂っていて弱点の日光を遮《さえぎ》っているわね」

「天候を操作する魔法だって？　そんなのが実在するのかい？」

訝しげな表情で尋ねるバル。

「さあ、どうかしら。もしかすると、腐敗竜が生み出す瘴気《しょうき》の影響で現れた雲なのかもしれないわ。とにかく、問題なのは山村の近辺で大量のアンデッドが発生していることよ」

「腐敗竜と、その黒雲が原因か？」

そう尋ねたのはギガンである。

「それは間違いないわね。瘴気が山村近辺に拡散《かくさん》して、近くに棲《す》む魔物をアンデッドに変化させているの。すでに数百のアンデッドが見張りをするみたいに、山村を取り囲んでいるわ」

「それほどの情報を握っておきながら、どうして我ら王国軍には教えてくださらなかったのですか？」

憤慨しながら尋ねるアルトに、マリアは冷めた目で答える。

「あなたに教えて、私になんの得があるのかしら？」

ぐっ、とアルトがたじろいだ。

マリアの不遜《ふそん》な態度を、バルはおろか真面目な性格のギガンですら注意しない。冒険者達の、王国軍への信頼は限りなく低いのだ。この冒険都市は、冒険者の自治によって成《な》り立っているのである。

都市の一般市民もまた、王国軍を信用していない。彼らが頼るのは冒険者であり、何か問題が起きたら軍の兵士ではなく冒険者に話をすることが当たり前になっている。

実際、腐敗竜の誕生を知った瞬間、都市から逃走した兵士が多数存在した。そのため、マリアは王国軍が戦力になるとはまったく考えていなかった。

マリアは皮肉の意味を込めて、アルトに問う。

「それよりも、王都から来るという援軍はどうなっているのかしら？　いったい、いつになったら到着するのか教えてもらいたいわね」

「いや、それは……」

口ごもるアルト。

マリアはさらに詰め寄った。

「もう三日も経過しているのよ？　先日王都に遣《つか》わした使者が、無事に到着したのは知っているわ。それにもかかわらず、どうしてなんの知らせもないのかしらね」

するとバルとギガンも同調して尋ねる。

「たしかにそれはあたしも気になってたよ。そこのところはどうなんだい？」

「聞かせろ、国王には我々を助ける気はあるのか」

「……その、現存の戦力で対応せよ、と」

アルトの返答にマリアはため息を吐き、ギガンは眉をひそめ、バルは露骨《ろこつ》に舌打ちをした。

彼の返答は、国王が冒険都市を見捨てて王都の防衛を優先したことを示している。

アルトは、慌てたように言葉を続ける。

「で、ですが我々も腐敗竜討伐の準備はしています!!　アンデッドの弱点属性である、聖属性の付与《ふよ》魔法を扱える人間を召集《しょうしゅう》しているのです!!　武器や防具に聖属性を付与すれば、腐敗竜にも対抗できるでしょう!?」

「普通のアンデッドなら、その程度の準備でいいんだろうけどね……相手は伝説の竜種だよ。そんなことだけで本当に倒せると思うのかい？」

「付与魔術師なら私のギルドにもいるわ。それくらいの準備なら簡単にできるわよ」

「この際だから言っておくが……アルト将軍、お前は都市の防衛ではなく、近隣《きんりん》の集落に住む人々の避難活動を手伝ったらどうだ？　狩猟祭用に集められた魔物使いを雇い、彼らの使役《しえき》する魔物を利用すれば、避難民の護衛や荷物の運び出しもできるはずだ」

「なっ……僕はこの都市の防衛を任されてるんですよ⁉」

アルトがとんでもないとばかりに叫ぶが、バルはそれ以上の大声を出して彼を叱咤《しった》する。

「それじゃあ都市の外に住む人間はどうでもいいと言うのかい⁉　ガキは黙《だま》って大人の言うことを聞きなっ‼　民衆を守ることこそ、兵士の仕事だろうが‼」

「ぐっ……失礼します」

バルの言葉にアルトは何も言い返せず、あまりにも無力な自分に歯を食いしばり、会議室をあとにした。

彼の後ろ姿を見送った三人のギルドマスターは、顔を見つめ交わし、ため息を吐く。

「……今のはちょっと言いすぎたかね」

「別にあなたは間違ったことは言ってないわ。彼、悪い子ではないのよね」

「ああ、奴は奴なりにこの都市のことを真剣に考えている。あの愚王《ぐおう》も見習ってほしいものだ」

「おい、あたしの前で国王様を侮辱《ぶじょく》するんじゃないよ。昔は本当に良い人だったんだよ……あんなことがある前はね」

「その話はやめなさい。虫唾《むしず》が走るわ……」

「……悪いね」

国王の話題になった途端にマリアは不機嫌になり、そんな彼女にバルは珍しく謝罪したのだった。

◆◆◆

会議室にて三人のギルドマスターと年若き将軍が話し合っている頃、レイトは訓練場にて退魔刀《たいまとう》と反鏡剣の二刀流を極《きわ》めるため、ゴンゾウと模擬戦をしていた。

「はああっ‼」

「ぬんっ‼」

レイトが退魔刀と反鏡剣を同時に振り下ろし、ゴンゾウは棍棒で受け止める。二つの武器がぶつかった瞬間、訓練場に轟音《ごうおん》が響いた。

「『旋風《せんぷう》』‼」

「『不動』‼」

戦技を使い、大剣と長剣を横薙《な》ぎに斬りつけようとしたレイトに対し、ゴンゾウもまた戦技を発動して棍棒でガードする。

すると攻撃を仕掛けたレイトのほうが後退《あとずさ》り、ゴンゾウは好機と見て必殺技を放つ。

「『金剛撃《こんごうげき》』‼」

「『受け流し』っ‼」

ゴンゾウが上段から棍棒を力任せに振り下ろし、レイトは防御用の戦技を発動して棍棒の軌道《きどう》を退魔刀の大きな刃で逸らした。

棍棒が地面に衝突し、ゴンゾウは一瞬硬直《こうちょく》した。その隙に、レイトは距離を取る。

「むっ……今のを避《よ》けるか、さすがだな」

「いや、受けたら死んじゃうし……訓練だって忘れていない？」

嬉しそうなゴンゾウに、レイトは冷静に指摘した。

訓練であろうと、相手が自分と張り合えるなら加減を忘れてしまうのが彼の悪い癖《くせ》である。

仕方なくレイトも本気で戦うために反鏡剣を腰に差し、退魔刀を両手で握りしめて複合戦技である「剛剣」を発動する。

「『回転撃』‼」

「ぬうっ⁉」

レイトは全身を回転させ、最大速度で大剣を横薙ぎに払った。

ゴンゾウはその攻撃を受け止めきれず、後方に吹き飛ばされる。体格に体重、さらに腕力も大きく劣っているにもかかわらず、レイトがゴンゾウを吹き飛ばせたのは補助魔法の

「身体強化」とバルから教わった「撃剣《げきけん》」の技術のおかげであった。

続けてレイトは次の攻撃を放つ。

「『兜砕き』‼」

「『不動』……⁉」

レイトが最も得意とする、正面から剣を振り下ろす戦技を使った瞬間、ゴンゾウは先ほど彼の攻撃を受け止めた防御用の戦技を発動した。だが今回は完全にはガードし切れずに、棍棒が大剣に弾《はじ》かれてしまう。

体勢を崩した彼を見て、レイトはあえて退魔刀を手放した。そして腰に差した反鏡剣を、剣道の居合《いあい》のように勢い良く引き抜く。

「『抜刀《ばっとう》』‼」

「うおっ⁉」

「抜刀」はアイリスの助言を受けて新しく身に付けた戦技である。

レイトは反鏡剣の刃を、ゴンゾウの首に当たる寸前で停止させた。もしもこれが実戦だったら、レイトの刃はゴンゾウの首を刎《は》ねていただろう。

ゴンゾウは両手を上げて降参《こうさん》の意を示したあと、わずかに悔《くや》しげに言う。

「俺の負けだ……最後のは意表をつかれた」

「でしょ？　この戦技を覚えるの、苦労したんだから……」

「それは剣士の戦技なのか？　俺は初めて見たが……」

「だろうね。こっちの国では珍しい戦技らしいから……俺もちょっと習得には手間取ったよ」

退魔刀を拾って背中に収め、反鏡剣を腰に差しながらレイトが答えた。

そして彼は両手を確認し、腕が震えていることに気づいた。ゴンゾウの攻撃を何度も受け止めたことで、知らず知らずのうちに身体に負荷がかかっていたのである。もしも戦闘が長引いていれば、ゴンゾウの粘《ねば》り勝ちになっていたかもしれない。

「う～んっ……もう少しだけ『身体強化』を強くできないかな。できれば二十倍くらい強くなりたい」

独り言を呟いた瞬間、脳内にアイリスの声が響く。

『どこの異星の戦闘民族ですか。それよりも『抜刀』には慣れておいてくださいね。この上の段階にある戦技を覚えれば、必ず役立ちますから』

彼女の言葉にレイトは「抜刀」を使い続けることを決めた。

「さてと、今日はこれで終わろうか」

「何？　俺はまだやれるぞ？」

「いや、バルの奴から聖剣の引き取りを頼まれてるんだよ。自分は会議があるから代わりに取ってこいって」

レイトは先日、聖剣カラドボルグという剣を入手した。そして現在、それをバルの知り合いである鍛冶師《かじし》に打ち直してもらっているのである。

「そうなのか……ところで他の奴らはどうした？　今日は珍しく見かけないな……」

「コトミンはスラミンと、一緒に俺の家に作ったプールで遊んでるよ。エリナは他の森人《エルフ》族に定期報告しに行ったたし、ダインは自分の宿で魔力を回復させる薬を調合してる」

「魔力を回復？　それはすごいな、ダインはそんなものまで作れるのか」

「頑張って覚えたんだってさ。影魔法は地味に魔力を消費するから、定期的に薬で回復しないと駄目だからって言ってたよ。聖剣を引き取ったあとは、ダインの回復薬の素材集めに付き合う約束をしているから、もう行くね」

「分かった。何かあったらすぐに呼んでくれ」

レイトはゴンゾウの言葉に頷くと、バルから教えてもらっていた鍛冶屋に向かうために、外に待たせているウルのもとに急ぐ。

冒険者ギルドを出ると、ウルと、その頭の上に乗っているヒトミンが待っていた。

レイトはヒトミンを頭の上に乗せ、ウルの背に乗る。

「……行くか」

「ウォンッ‼」

『ぷるぷるっ』

彼の言葉を合図に、ウルが走り出した。

しばらく走っていると、感知能力に優れたヒトミンが触手を伸ばしてレイトの頬《ほお》をぺちぺちと叩く。

『ぷるぷるっ』

「分かってる。俺達を尾行している奴らがいるんだな」

レイトが後方を振り返ると、慌てて人混みに紛《まぎ》れようとする男を見つけた。

男が何者なのかは、アイリスと交信して把握《はあく》した。聖剣の情報を聞きつけ、奪ってやろうと考えている小悪党であるらしい。

賞金首狩りを捕縛した一件から、レイトは冒険都市中の悪党から目を付けられるようになり、中には自宅を襲撃してきた輩《やから》もいた。そのため、現在彼の家には森人族《エルフ》の王女ティナが他の護衛役とともに滞在《たいざい》しており、レイトが不在の際は悪党達を撃退《げきたい》している。

「面倒だから、あそこの細い路地を曲がって誘い込もうか」

「ウォンッ」

主人の命令でウルは横道に入り、レイトは戦いに備えて反鏡剣を握りしめる。

色々あったが、鍛冶師から借りたこの長剣とも今日でお別れとなる。最後にもう一度だけ使おう、と考えているうちに路地裏に着いた。

十数秒後、路地裏に三人の男が入り込み、待ち構えていたレイトの姿を見て驚愕する。

「うおっ⁉　な、なんだてめえっ⁉」

「なんだも何も、あんた達が付いてきたんでしょ？」

「ちっ‼　バレちまったら仕方ねえ……頭《かしら》の仇を取らせてもらうぜ‼」

「頭？　……ああ、こいつら賞金首の誰かの手下だったのか」

そのとき、三人のうちの一人が火属性の魔石をポケットから取り出してレイトに投げつけた。

「喰らいやがれっ‼　フレイムラ……‼」

「ていっ‼」

「ぐはっ⁉」

おそらくは火属性の砲撃《ほうげき》魔法を放って魔石を着火して爆発させようとしたのだろうが、レイトは足元の小石を蹴り上げて魔法を使おうとしていた男の顔面に命中させる。

「ば、馬鹿っ⁉　何してるんだよ⁉」

短剣を構えていた別の男が怒鳴る。その間に、レイトは投げられた魔石をキャッチし、逆に男達に投げ返した。

「これ返すね」

「いらねぇえええっ⁉」

「『火球』‼」

魔石が男達の頭上に移動したところで、レイトは指先から火を生み出して魔石に衝突させる。

直後に魔石が小規模の爆発を起こし、上空から爆風を受けた盗賊達は地面に倒れ込んだ。

レイトにも爆風が飛んできたが、彼は反鏡剣を鞘《さや》に納め、戦技を発動する。

「『抜刀《ばっとうー》』‼」

『無駄に良い発音‼』

その瞬間、アイリスのツッコミが聞こえた。

魔法で生み出された爆風を反鏡剣の刃が真っ二つに斬り裂いた。

レイトはもう一度反鏡剣を鞘に納めると、ウルに乗って立ち去ろうとする。

すると、まだ意識を失ってなかった男が息も絶え絶《だ》え《た》に話しかけてくる。

「ま、待って……た、助けてっ……⁉」

「悪いけど自業自得《じごうじとく》だよ。それと殺そうとした敵に助けを求めないでよ」

「ち、畜生《ちくしょう》……」

レイトは彼らを放置して、ウルを走らせて鍛冶屋に向かったのだった。

やがて、レイトは町の端にある古ぼけた建物の前にたどり着いた。

彼が扉を叩いて声をかけると、中から小髭族《ドワーフ》の男性が現れる。相当な高齢らしく、白髪《しらが》頭に白髭《しろひげ》だった。

男性——鍛冶屋の店主はレイトの顔を見て、訝しげな表情を浮かべる。

「誰だお前は……うちの店になんの用だ？」

「あ、黒虎のギルドマスターから頼まれて聖剣を引き取りに来まし……」

「帰れ」

レイトが言い終える前に店主は扉を閉じようとした。

レイトは手で扉を押さえ、収納魔法を発動し、事前にバルから渡されていた、酒が入った大樽《おおだる》を取り出す。

「ちなみにこれがお土産《みやげ》ですけど」

「気が利《き》くじゃねえかっ‼　最初から出しやがれってんだっ‼」

途端に店主は上機嫌になった。小髭族《ドワーフ》は気難《きむずか》しい者が多いが、基本的に酒好きで、酒を渡せば大抵は機嫌が直る——とバルが言っていた。

店主は嬉しそうに大樽を店の奥に運び、刃が黄金のように美しく光り輝く長剣を持って戻ってくる。

「ほらよ‼　持っていきなっ‼　こいつが伝説のカラドボルグだ‼」

「これが……あの聖剣？」

魔物使いの屋敷で見つけたときは薄汚《うすよご》れて錆《さ》びていたが、今のカラドボルグは聖剣の名に相応《ふさわ》しい神々《こうごう》しさがある。

先日アイリスから聞いた情報によれば、死霊使い《ネクロマンサー》のキラウはすでに腐敗竜を完全に支配下に置いているらしい。また、現在は他の死霊使い《ネクロマンサー》を吸血鬼《ヴァンパイア》化させて自分の眷属にし、アンデッドの大群を用意して都市に攻め入る計画を立てているということだった。

この先の戦いに勝つため、そして何より腐敗竜を倒すためには、聖剣の力が必要になるのだ。

「これがカラドボルグか……」

「こいつは使う者のレベルが70を超えないと真の能力を引き出せないぞ。俺も試し斬りしてみたが、俺のレベルだと斬れ味の良い剣でしかねえ」

「この都市にレベル70を超える人がいるんですか？」

レイトのレベルは現在50である。もちろん、彼の仲間達もレベル70を超えてはいない。

彼の質問に、店主は首を横に振る。

「知らねえよ、そこまでは……だが、レベル70を超える人間がいたら多少は噂になってるだろ。そこまでに至ったら、英雄と呼ばれる領域に足を踏み入れることになるからな。氷雨のマリアさんならあるいは70を超えているかもしれないが、あの人は魔術師だからな……」

「敵はまさに、英雄の領域にいる奴なんですけどね」

「あん？　そいつはどういう意味だ……？」

レイトの言葉に、店主が眉をひそめた。

腐敗竜を操作している死霊使い《ネクロマンサー》キラウのレベルは、アイリスによると80を超えているという。この都市でそのことを知る者は、アイリスを除《のぞ》けばレイトしかいない。

レイトは店主の質問には答えず、カラドボルグに埋《う》め込まれている雷光石《らいこうせき》を見た。聖剣の力の源《みなもと》は刃ではなく、柄に取り付けられている魔石であることを彼はアイリスから知らされている。

「この魔石は外《はず》せないんですか？」

「そいつは無理だな。柄の部分と完全に一体化してやがる。無理やり外そうとしたら電気が走ったから、お前も気をつけろ」

「あ、もう試したんですね」

「当たり前だろ‼　そいつは伝説の聖剣なんだぞっ⁉　調《しら》べ尽くして聖剣の製造法の秘密を知ろうとしたのに、結局何も分からなかったんだよ、くそっ‼」

「俺に八《や》つ当たりしないでくださいよ」

「うるせえなっ‼　ほら、その剣は俺のだろうが‼　さっさと返せっ‼」

店主は不機嫌に怒鳴り散らし、彼の腰にあった反鏡剣を無理やり取り上げる。この剣は元々、カラドボルグの代用品として渡されていた武器なので、レイトも文句は言わない。

「さあ、とっとと帰れ‼　くそ、バルの依頼だから引き受けたが、俺は引退した身だってのに無茶させやがって……」

「あ、聖剣を打ち直してくれてありがとうございます」

「ああ……まあ、俺なりに力を尽くしたつもりだ。もしもそいつを扱える人間を見つけたら伝えてくれ、そいつを蘇《よみがえ》らせたのは小髭族《ドワーフ》のトルドンだってな」

「分かりました、ドルさん」

「略《りゃく》すなっ‼　誰だドルさんって⁉　つーか普通はトルさんじゃねえのか⁉」

レイトはカラドボルグを収納魔法でしまい、鍛冶屋を出る。

移動中、彼はアイリスと交信する。

『俺なら雷光石を外せそうだけど、剣から外せばレベルが足《た》りなくても魔石の力を使えないかな？』

『たしかにレイトさんの能力を使えば取り外せますが、雷光石だけでは真の力を発揮《はっき》できません。武器とセットじゃないと意味がないですね』

『そうか……ところで、やっぱり雷光石を埋め込むなら質の良い武器じゃなきゃ駄目なの？』

『それはそうですよ。並の武器だと耐え切れずに壊れてしまいます。聖剣級の武器を鍛造《たんぞう》できる技術を持つ人間は今の冒険都市にはいないし、素材が希少《きしょう》なものばかりですから集め切れませんね』

『なるほど。使えない聖剣を持っててもしょうがないな……よし、漬物石の代わりにしよう。ちょうどいい重さだし』

『どんな贅沢《ぜいたく》な使い方してるんですか‼　……だけどその聖剣、レイトさんなら扱えるかもしれません。だから一旦自宅に戻りましょう。他の人間に見られたり、邪魔されたりすると危ないですから。やり方は……ごにょごにょ』

『分かった』

アイリスの指示を聞き、レイトはギルドではなく家に帰還《きかん》する。

すると、自宅の前に、縄で縛《しば》られた男達が転がされていた。全員が顔を腫《は》らしている。

彼らのそばには、森人《エルフ》族の護衛の姿がある。その中には、エリナもいた。

エリナは真っ先にレイトに気づいて、ブンブンと手を振る。

「あ、兄貴‼　不届き者を捕まえたっす‼」

「く、くそっ……なんなんだよお前ら⁉」

悪態をつく男を見ながら、レイトはエリナに尋ねる。

「誰？　こいつら……」

「この間、あたしらが捕まえた賞金首の配下みたいです。兄貴の家に放火しようとしてたんで、拘束しました」

エリナの言葉にレイトは納得する。用心のため、森人族《エルフ》達に家の警護《けいご》を任せていたことが幸いした。

外の騒ぎを聞きつけたのか、服に擬態《ぎたい》したスラミンを身に付けたコトミンが出てきた。

「うるさい……昼寝ができない」

「あれ？　コトミン姉さん、庭でスラミン達と遊んでいたんじゃ……」

「疲れたから寝てた」

コトミンはそう言ってレイトに近づき、猫耳のような癖っ毛を震わせながら彼に擦《す》り寄る。そんな彼女の頭を撫でながら、レイトは護衛の森人族《エルフ》達に礼を告げる。

「ありがとうございます」

「いいえ、あなたの護衛をすることは姫様の指示ですから、気にしないでください。それよりもこいつらはいったい……？」

「その辺はあとで説明します。ちょっと家でやりたいことがあるので俺は中に入りますけど、引き続き家の周囲の警護をお願いできますか？」

「え？　あ、分かりました……？」

キョトンとする護衛の森人族《エルフ》に頭を下げ、レイトは家の中に入った。コトミンとエリナが付いてきたが、アイリスが何も言わないので、彼は二人には見られても問題ないと判断する。

「よし、ここなら誰にも見られないかな」

部屋の中で戸締《とじ》まりを確認し、レイトが言った。

「人気《ひとけ》のないところに女の子を連れ込む……ぽっ、ついに貞操《ていそう》を奪われる」

「えっ⁉ ちょ、マジっすか兄貴‼ まだ心の準備が……」

「勝手に勘違いすんなっ」

二人にツッコんだあと、レイトは異空間からカラドボルグを取り出し、鞘から引き抜いた。

黄金の輝きを放つ聖剣にコトミンとエリナは目を奪われるが、レイトは気にせず雷光石に手を伸ばす。

「……二人とも離れてろよ」

「了解っす」

「分かった」

レイトの指示に従《したが》ってコトミンとエリナは距離を取るが、スラミンとヒトミンは興味深そうに机の上の聖剣を覗き込む。

『ぷるぷるっ』

「いや、お前らも離れてろ」

レイトは二匹を持ち上げて、コトミンに押し付ける。

「ほら、ママのところに帰れ」

「いやんっ……レイト、どさくさに紛れて胸を触った」

「そんな感触《かんしょく》じゃなかったから、触ってないね。ほら、しっかりスラミン達を握ってて」

「え？　兄貴はコトミン姉さんの胸の感触を知っているんですか？」

「いいから君達は黙って見てなさい。まったくもう……」

レイトは意識を集中し、掌を聖剣の柄に押し当てて錬金術師の「物質変換」を発動する。

彼は聖剣に取り付けられている雷光石を外そうとしているのだ。

「くっ……‼」

「物質変換」の発動には大量の魔力を消費する。レイトは苦しげな声を漏らし、なんとか雷光石の周囲を柔《やわ》らかい金属に変化させた。

彼は続いて「形状高速変化」も使用する。そして「物質変換」で材質を変えた金属部分を変形させて雷光石を露出させ、無理やり掴んだ。

その瞬間、彼の身体に電流が走る。

「ぐあっ⁉」

「レイト⁉」

「兄貴っ⁉」

「……来るなっ‼」

異変に気づいた二人が駆け寄ろうとしたが、彼は咄嗟に制止する。

そして拳をしっかりと握りしめて引き抜こうとしたが、雷光石は聖剣にぴったりとくっ付いており、取れる気配がない。

そうしている間にも、レイトの身体には高圧の電流が流れ続ける。常人なら即死するだろうが、魔術師系の職業である彼は魔法への耐性があるのでなんとか耐えることができた。

「ぐぎぎっ……‼　このぉっ……‼」

雷光石を引き抜くために、レイトは支援《しえん》魔術師のスキルである「筋力強化」で身体能力を強化する。同時に「回復強化」を発動して、雷光石を握りしめたことによって発生した掌の火傷《やけど》を治療する。

「うおおおおおっ‼」

「が、頑張ってください兄貴‼」

「あと少し……‼」

『ぷるるんっ‼』

事情はよく分かっていないものの、コトミン達はレイトに声援《せいえん》を送り、スライム達も激しく身体を震わせて応援する。

そしてレイトが渾身《こんしん》の力で雷光石を引っ張ったとき、彼の脳内にアイリスの声が響く。

『あの……レイトさん。頑張っているのは分かるんですけど、普通にあの魔法を使えばいいじゃないですか？』

「……あっ」

レイトはようやく気づき、彼は掌の中で収納魔法を発動した。するると、中に握られている雷光石のみが異空間に吸い込まれ、同時に彼の全身を包んでいた電流がやむ。

「……終了」

「「あっ……」」

『ぷるるっ……』

急に静かになり、なんとなく気まずい雰囲気《ふんいき》が流れた。

レイトは右手の火傷を「回復強化」で完全に治し、今度は雷光石が取り外された聖剣に目を向けて最後の作業に取り組む。

「あとはこいつを改造するだけだな」

「え？　改造って……何をする気なんです？」

「刃の部分にある紋様《もんよう》を消すんだ。こいつがレベル制限をかけている原因だからね」

「マジっすかっ⁉」

カラドボルグの刃には紋様が刻まれているが、これは単なる装飾《そうしょく》ではない。この紋様は初代勇者が刻んだ特別な魔法の術式であり、これが存在する限りレベル70以上の人間にしか真の力を引き出せないのだ。レイトはそのことを、アイリスから教えてもらった。

また、彼女はレイトに『錬金術師の能力を使用して紋様を消せば、レベル70以下でも聖剣を使えるようになる』というアドバイスもしていた。ただし、紋様を消すためには一度雷光石を外さなければならず、彼が危険を冒《おか》したのはそのためだった。

レイトは聖剣の刃に触れ、掛け声を上げる。

「てりゃっ‼」

すると、苦もなく刃を変形させることができた。そのまま彼は、表面に刻まれていた紋様を全て消す。

レイトは聖剣を持ち上げておかしなところがないことを確認し、再び雷光石を埋め込もうとして――妙案《みょうあん》を思いついた。

「あっ……もしかして」

「どうしたの？」

「いや……感電を防ぐ方法を思いついて……」

レイトは部屋のタンスを開けて、冬用に買っておいた衣服の中から手袋を取り出し、右手に装着する。そしてそのまま「物質変換」を発動して材質をゴムに変化させた。

その後、彼は収納魔法を発動して異空間から雷光石を取り出し、ゴム手袋を装着した右手で掴む。雷光石は未だに電流を放出しているが、今度は感電することはなかった。

レイトはカラドボルグに雷光石を装着し、ため息を吐く。

「最初からこの方法で取り出せば良かったよ……」

「いや、正直に言ってあたし達には何が起きているのかよく分かんなかったですけど……」

「もう近づいても大丈夫？」

「……カモン」

コトミンの質問に、レイトは自嘲《じちょう》気味に両手を広げる。すると、二人はそうっと彼を抱きしめ、優《やさ》しく背中を叩いた。

二人から離れ、レイトはカラドボルグを見る。

「さてと、これで一応使えるようになったはずだけど……さすがに試し斬りはまずいな」

「本当に今ので聖剣が使えるようになったんですか？」

「さすがレイト……略してさすレイト」

「略すなっ。というか一文字しか略せてないし」

ゴム手袋を外してレイトが聖剣を握った瞬間、掌から魔力が吸い上げられるような感じがした。

雷属性に高い適性を持つレイトの魔力に反応しているのか、聖剣の刀身には絶えず電流が走っている。

試しにレイトは、聖剣を構えて軽く振ってみた。

「とりゃっ」

次の瞬間、目の前に金色の電流が迸る。

「うわぁっ⁉」

「危ないっ」

『ぷるんっ⁉』

仲間達は驚き、大きくのけぞった。

エリナとコトミンは非難《ひなん》の声を上げる。

「ちょっと兄貴‼　危ないじゃないっすか‼」

「死ぬかと思った……人魚族に電気は危険」

スラミンとヒトミンはレイトの両肩に乗り、彼の耳をかぷかぷと噛んだ。

『ぷるぷるっ‼』

「あいてて……悪かったよ」

身体に森人《エルフ》族の血が流れているせいか、レイトは耳が少し敏感《びんかん》である。彼は謝りながらスライム達を引き剥がした。

スライム達をコトミンの手に戻し、レイトは聖剣を鞘に納める。ちなみにこの鞘は世界樹製であり、耐熱性が高いため電撃で燃えることはない。

「あとはこれを扱える人間がいるかどうかだな」

「え？　その聖剣、兄貴が使うんじゃなくて誰かに渡す気なんですか⁉　バルトロス王家のものなのに……」

バルトロス国王の息子であるレイトが使うべきだ、とエリナは暗《あん》に言っている。

しかし、レイトの考えは違っていた。

「俺は大剣のほうが性《しょう》に合ってるよ。それに、腐敗竜に対抗するには、この剣の力を十分に引き出せる実力者が使ったほうが良い」

「もったいない。だけどレイトらしい」

そんな彼の発言に、コトミンはそう言った。

レイトはこのあと冒険者ギルドに行って、誰が聖剣を使うのかをギルドメンバーと相談するつもりだ。だが、雷属性に適性のある人間がメンバーの中に存在するのかは不明であり、もしかしたら他のギルドの人間に使ってもらうこともあるのかもしれない。

「じゃあ、俺は冒険者ギルドに行ってくるよ。二人はどうする……なんだ？」

外から金属音が聞こえてきて、レイトは眉をひそめる。

「どうしたの？」

コトミンは音に気づいていないが、森人族《エルフ》で聴覚《ちょうかく》が鋭《するど》いエリナは聞き逃さなかった。

「……兄貴、外に誰かいます‼」

そう言って、彼女は背負っていたボーガンを取り出す。

次の瞬間、玄関の扉が勢い良く開き、茶色いフード付きの外套を着た、刀を携《たずさ》えている人間が現れる。

「…………」

「何者っすか‼」

エリナがボーガンを構えると、警護をしていた森人族《エルフ》が血だらけで入ってきた。

「い、いかんエリナ‼　そいつは強すぎるっ‼」

その姿を見たエリナは、先手を取るべくボーガンの引き金を絞《しぼ》る。

「このっ‼」

「『抜刀』」

「えっ⁉」

ボーガンから矢が放たれる寸前、謎《なぞ》の人物が刀を振り抜いて彼女の武器を破壊した。

そのまま刀はエリナの眼前へと迫る。彼女はその速度に反応できず、自分が斬られることを悟った。

「『水鉄砲』‼」

「っ⁉」

「うわぁっ⁉」

だが、刃がエリナの顔を斬る前に、コトミンがスライム達に命令して、口から大量の水を放出させた。

勢い良く放出した水は、エリナごと侵入者を外に吹き飛ばす。

レイトは聖剣を手にすぐさま玄関から飛び出し、侵入者と対峙《たいじ》して鞘から剣を引き抜く。

「このっ‼」

「……『辻斬《つじぎ》り』っ‼」

レイトは刀身に電流をまとわせながら、水浸《みずびた》しの相手を目掛けて剣を振り下ろすが、謎の人物はその攻撃を回避した。そして刀を持っているほうとは逆の手で短刀を引き抜き、レイトの首筋を狙《ねら》って斬りかかる。

レイトは咄嗟に首を動かして相手の攻撃を避けるが、肌の表面が斬り裂かれて血がにじむ。

「くそっ……舐《な》めんなっ‼」

「っ‼」

レイトが蹴りを繰《く》り出すと、謎の人物は上に跳躍して避ける。全身が水浸しで服が重くなっているにもかかわらず、その人物は十メートルを超える建物の屋根の上に移動した。

その光景に全員が驚愕し、それと同時に相手が腕利《うでき》きの暗殺者だと理解した。

「逃がすかっ‼」

「あ、兄貴⁉」

自身も「跳躍」のスキルを使い、その場から跳び上がるレイト。

「レイト‼　ヒトミンを連れてって‼」

『ぷるるっ‼』

コトミンがヒトミンをレイトに投げ渡した。

「ありがとっ‼」

レイトは空中でヒトミンを受け取り、肩の上に乗せると同時に屋根の上に着地する。

すると、暗殺者は彼に背を向けて逃走を開始し、逃げながら忍者が使う苦無《くない》を投擲《とうてき》してきた。

「ふっ‼」

「喰らうかっ‼」

レイトは聖剣で苦無を弾《はじ》き返し、暗殺者を追いかける。

「なかなか速いな……ウルと追いかけっこしている気分だ」

『ぷるぷるっ』

「ちょっとアイリス、今は集中しているんだから変な声を上げないでよ‼」

『いや、今のは私じゃないですから‼　全然声が違いますよね⁉』

レイトと暗殺者は、屋根の上を疾走する。二人のスピードはほとんど同じである。

暗殺者はかなり熟達《じゅくたつ》した腕を持っており、逃げながら隠密系のスキルを使って、何度もレイトを撒《ま》こうとした。常時「観察眼」のスキルを発動していたレイトだったが、それでも何度か見失いそうになるほどだ。

「くそ、また消えたっ‼」

『ぷるんっ』

「こっちか‼」

だがしかし、感知能力に優れたヒトミンがその度に相手の位置を教えてくれる。そのため、彼はなんとか追跡《ついせき》を続けることができた。

「こうなったら……『魔力強化』っ‼」

彼はすでに補助魔法の「身体強化」を使っていたが、彼はその状態でさらに「魔力強化」の魔法を肉体に施す。その直後、レイトの身体能力はさらに強化され、彼は一気に相手との距離を詰めることができた。急激《きゅうげき》に身体能力が強化されたことで肉体が悲鳴を上げるが、彼は構わずに聖剣を鞘にしまい、戦技を発動する。

「『抜刀』‼」

「っ⁉」

暗殺者は振り返って短刀でガードし、聖剣を弾《はじ》いた。だが、その際に聖剣に流れていた電流が短刀を通して相手の肉体に伝わり、一瞬だけ身体が硬直してしまう。

レイトはその隙を逃さず、蹴りを放った。

「このっ‼」

「あうっ⁉」

蹴りを喰らい、暗殺者が悲鳴を上げて、屋根を転がる。

レイトが追撃しようとしたとき、彼の肉体が悲鳴を上げた。

「ぐあっ……くそ、『回復強化』……‼」

『ぷるぷるっ……』

無理に補助魔法を重《かさ》ねがけしたせいで肉体に大きな負荷がかかったレイトは、仕方なく「回復強化」の魔法で身体を治療する。

その間に相手は身を起こし、彼の様子を確認すると刀を抜いた。ここで決着をつける気なのだ。

「……やる気か、上等だ。隠れてろヒトミン」

『ぷるるっ……』

レイトの懐にヒトミンが潜《もぐ》り込み、邪魔にならないように身体の形状を変化させた。

レイトは聖剣を握りしめて相手と向き合い――ため息を吐いて聖剣を見る。

「これじゃ無理だな……やっぱり、俺はこっちが性に合ってる」

そう言って、レイトは収納魔法を発動した。そして異空間に聖剣をしまい、代わりに退魔刀を取り出した。

次の瞬間、暗殺者は足元に落としていた短刀を蹴り上げた。

「器用な奴だな」

自分の顔面に真《ま》っ直《す》ぐ接近する短刀を、レイトは大剣を振り上げて弾《はじ》く。

すると、相手は「跳躍」のスキルを発動して自分から距離を縮《ちぢ》める。そしていつの間にか納刀していた刀を握りしめ、戦技を発動した。

「『抜刀』‼」

「『氷装剣《ひょうそうけん》』」

レイトは右手に氷の長剣を発現させ、刀を受け止めた。

相手は動揺した様子を見せ、レイトはその隙をついて左手だけで大剣を振るう。

「『回転』‼」

「くうっ⁉」

暗殺者は後方にステップして、迫りくる退魔刀の刃を回避した。まさか今の攻撃を避けられると思っていなかったレイトは内心で驚くが、顔には出さず、今度は両手で大剣を握りしめて走り出す。

「逃がすかっ‼」

屋根の上という移動しにくい場所だが、レイトは巧《たく》みに「跳躍」のスキルを使って暗殺者との距離を詰めた。深淵《しんえん》の森と呼ばれる森林で暮らしていた頃は、常日頃から樹木の枝の上や岩場といった不安定な場所で魔物と戦い続けており、こういった足場で戦うことには慣れているのだ。

「『撃剣』‼」

「きゃっ⁉」

レイトは相手が完全に体勢を整える前に接近し、退魔刀を横薙ぎに払った。

暗殺者は咄嗟に刀を前に突き出して防いだが、退魔刀の威力に耐え切れず砕けてしまう。

とどめを刺す絶好《ぜっこう》の機会だが、相手を殺すことを躊躇《ちゅうちょ》した彼は、大剣の腹の部分で打撃を与えた。

「よっしゃっ‼」

吹き跳ぶ相手を見て、レイトは今度こそ手応《てごた》えを感じて歓喜《かんき》の声を上げた。

だが、暗殺者は道を挟んだ建物の屋根の上で受け身を取って着地し、何事もなかったように立ち上がる。

レイトは呆気に取られ、すぐに相手が自分の攻撃を利用して戦線離脱《りだつ》をはかったのだと悟る。

「どうしてそんな判断ができたんだ……？」

レイトは信じられない気持ちでそう呟いた。

今の攻防は、一歩間違えれば相手が死んでいてもおかしくなかった。それなのに、なんのためらいもなく危険な行為に出た相手に、レイトは違和感《いわかん》を持つ。今のはまるで、彼が殺人を避けることを見抜いていたような行動である。

レイトから逃げ切れる距離に移動したにもかかわらず、その場を動かない暗殺者に、彼は問いかける。

「……誰だお前はっ‼」

すると、相手はゆっくりとフードに手をかけ、顔を晒《さら》した。

その顔を見た瞬間、レイトは目を見開き、あまりのことに握っていた退魔刀を手放してしまう。

「――お久しぶりですね。お坊ちゃま」

どうして彼女がここにいるのか、なぜ自分を襲ったのか――色々な疑問がレイトの頭の中に浮かぶが、彼が口にしたのは、女性の名前だった。

「アリア……？」

彼の目の前にいるのは、かつて自分に仕《つか》えていたメイド、アリアだった。

「……今日はここで失礼します」

アリアは呆然《ぼうぜん》としているレイトに一度だけ頭を下げると、再びフードを被って屋根の上を走っていった。

その後ろ姿を、レイトはただ見送ることしかできなかった。

「どうしてアリアが……しかもこんなときに……」

レイトは腰を抜かし、その場に座り込んだ。彼は知らなかったとはいえ、最も自分の面倒を見てくれた相手と殺し合いをしていたのだ。

レイトは少しでも情報が欲しいと思い、アイリスと交信する。

『アイリス‼』

『追いかけようとしても駄目ですよ。今のレイトさんにどうにかできる相手とは思えません』

『お前……知ってたのか』

『すみません……知らせないほうが良いと思って黙っていました』

レイトはアイリスを責める気にもなれず、自分の前にアリアが現れた理由を問い質《ただ》す。

『どうしてアリアがここに……』

『実は、彼女も旧帝国《エンパイア》の人間なんです』

『旧帝国《エンパイア》？　アリアが……？』

予想外の言葉を聞かされ、レイトは戸惑った。彼は今まで、アリアはバルトロス王国側の人間だと思っていたのである。

アイリスはさらに詳しい事情を説明する。

『アリアは元々、旧帝国《エンパイア》の人間に育てられたスパイです。彼女は表向きは王国の暗部《あんぶ》として活動していますが、実際は旧帝国《エンパイア》のために行動しています』

『だけど母上は、アリアは昔から自分に仕えていたって言ってたぞ』

『レイトさんの母親であるアイラが知っているアリアと、レイトさんをずっと世話していたアリアは別人です。つまり、アイラも騙《だま》されていたんです』

『えっ……』

『レイトさんが「アリア」と呼ぶ彼女は、アリアのなりすましです。本物のアリアは、レイトさんが生まれたばかりの頃に死亡しているんです』

『アリアが……なりすまし？』

信じられないような気持ちで呟くレイト。彼女はそもそも、「アリア」という名前ですらなかったのだ。

『アイラがアリアの正体を見抜けなかったのは仕方ありません。外見は瓜《うり》二つでしたし、性格も完璧に真似ていましたから』

『そんな馬鹿な……瓜二つだなんてありえないだろ』

『レイトさんも知っての通り、こちらの世界にはスライムと呼ばれる魔物がいますよね。スライムが擬態能力を持っていることをお忘れですか？』

アイリスに言われ、レイトはハッとする。彼もスラミンを顔に貼りつかせて他の人間に変装《へんそう》したことがあった。

『スライムを利用すれば顔はもちろんのこと、体格もある程度は誤魔化《ごまか》せます。あまりにも差があると難《むずか》しいですが、本物のアリアとレイトさんの知っているアリアは、偶然にも同じような体型でした。そして旧帝国《エンパイア》の命令で本物のアリアに関する情報を調べ尽くした彼女は、自分自身を洗脳《せんのう》して疑似的《ぎじてき》に「アリア」の人格を生み出し、彼女になりきってアイラのもとに潜入《せんにゅう》したんです』

『嘘だろっ……そんなの信じられるか‼』

『落ち着いてください。これは事実なんです』

『くそっ……』

レイトは激しく動揺するが、なおもアイリスの話は終わらない。

『彼女がアリアになった経緯《けいい》を説明しますね。旧帝国《エンパイア》はバルトロス王国の第一王子……つまりレイトさんが生まれることを知り、最初は誘拐《ゆうかい》、あるいは暗殺して王家の後継者《こうけいしゃ》を始末するつもりでした』

『でも、そうすることはしなかった……』

『ええ。レイトさんは、自分達が手を下すまでもなく国王から隔離《かくり》されましたからね……そこで彼らはアリアを、レイトさんと接触させることにしました』

『なんでそんなことを……』

その質問に、アイリスは淡々《たんたん》と説明する。

『いくら国王に追い出されたとはいえ、レイトさんは王位継承者《けいしょうしゃ》でしたからね。政争《せいそう》の道具として確保する予定だったのですが……一つ誤算《ごさん》がありました』

『俺が住んでいた屋敷が、簡単に抜け出せる場所ではなかったってことか？』

『その通りです。いくらアリアでも、赤子を連れてあの屋敷から抜け出すことは不可能でした。屋敷から安全に逃げるには飛行船を利用するか、あるいは転移魔法で移動するしかありませんからね。森を抜ける手もありましたが、そんな危険は冒したくなかったのでしょう』

『旧帝国《エンパイア》は、そんなに前から俺のことを狙っていたのか』

『それほど、レイトさんは重要人物だったということですね。アリアはレイトさんの世話をしつつ、定期的に王国に潜入していた旧帝国《エンパイア》の人間達と連絡を取り合っていましたが、四年前にレイトさんの弟が生まれたことで全ての歯車が狂い始めました』

　彼女の言葉を聞き、レイトは確認するように尋ねる。

『……じゃあ、俺の暗殺を企《くわだ》てたのは国王だけじゃなかったってことか？』

『そういうことです。新しい王子が生まれた時点で旧帝国《エンパイア》の人間はレイトさんの利用価値がなくなったと判断し、アリアに始末を命じました。それと同時期に国王からも暗殺の指令を受けていた彼女は、任務を遂行《すいこう》して国王の信頼を得ると同時に、彼の弱みを握るつもりでした』

『弱み？』

『自分が国王の命令によって第一王子を殺害したことを世間に公表すれば、国王に対する民衆の信頼は地に落ち、旧帝国《エンパイア》は勢力を増す……という計画を立てていたんです』

『だけど、結局はうまくいかなかった。俺が逃げ出したからね』

レイトはそう言って乾《かわ》いた声で笑ったが、アイリスの話はまだ終わりではなかった。

『暗殺に失敗したアリアは国王の信頼を失いかけましたが、なんとか王国には残り、スパイとして活動し続けました。そして、武装ゴブリンの一件で王国以外に自分達に歯向かう存在に気づいた旧帝国《エンパイア》が彼女に調査させたんです。それから紆余曲折《うよきょくせつ》を経て、アリアは冒険都市で最近目立っている冒険者の存在を知り、それがレイトさんだと気づきました』

『……ちょっと待って。アリアの狙いはなんだったんだ？』

『聖剣の情報を掴んでいたので、その調査が目的でした。情報が本物だとは思ってなかったようですが、これで彼女に聖剣の存在が知られました。一つ聞きたいことがあるんですけど……仮に私がアリアの居場所を伝えて、殺せと言った場合はどうしますか？』

『無理だ……俺にアリアは殺せない』

『でしょうね……まあ、しょうがないですね』

聖剣のことを知った以上、アリアはこれからもレイトの命を狙うだろうということは、彼自身も分かっていた。ただ、もう一度襲撃されたとしても、レイトは彼女と戦える自信がない。

　少なくとも、自宅の位置はバレてしまったので別の場所に避難する必要があると彼は考えた。

　アイリスとの交信を終え、レイトが退魔刀を異空間にしまって自宅に戻ると、コトミンとエリナが森人族《エルフ》達を介抱《かいほう》していた。彼らは全員相当な実力者だが、アリアは易々《やすやす》と突破《とっぱ》して見せた。

　複雑な思いを抱きながらも、レイトは治療を手伝う。

「大丈夫ですか？」

「ううっ……申し訳ない。護衛を任されておきながら、逆に助けられるとは……」

「無理をしちゃ駄目っすよ。もうおっさん達も若くないんですから」

「くっ……エリナの言葉に言い返せない日が来るとは」

「はんどぱわぁっ」

　コトミンが桶《おけ》の水を傷口に注いだあとに謎の呪文を唱えると、彼女の掌から青白い魔力が放たれた。

　すると、意識を失っている森人族《エルフ》の首筋にあった傷が治っていく。

「え？　それは回復呪文なのコトミン？」

　聞くところによると、コトミンは回復魔導士の職業も所持しているらしく、回復魔法も扱えるそうだ。

一方、エリナは水晶瓶を懐から取り出し、中身の緑色の液体を森人族《エルフ》の老人に注ぐ。

「ほら、動かないでくださいね。回復薬を塗《ぬ》りますから」

「ぐぅうっ……!?」

すると、男の傷口がみるみるうちに塞《ふさ》がっていった。

レイトはその光景を見て、自分も幼少の頃に回復薬をもらったことを思い出し、頭を掻く。

「はあっ……」

「……どうしたの？」

「そういえば兄貴、さっきの奴はどうしたんですか？」

「聞くなっ」

「えっ……」

エリナの質問に、レイトはつい過敏《かびん》に反応してしまった。

悪気はなかったのは分かっているが、どうしても気持ちの整理がつかないレイトは頭を抱え、治療を中断して自宅に戻る。

いきなり立ち去ったレイトに全員が呆然とするが、彼のただならない様子を見たコトミンだけはあとを追いかける。

「レイト」

「コトミン……悪い、今は一人にしてほしい」

「……そう、ならヒトミンも預かる」

「ああ……」

『ぷるぷるっ……』

コトミンの言葉に反応して、レイトの懐に隠れていたヒトミンが姿を現した。コトミンが両手を差し出すと即座に飛び乗り、彼女の肩の上にいるスラミンと並ぶように貼りつく。

コトミンが退室したあと、レイトが椅子に座り込むと、窓からウルが顔を出した。

「クゥンッ……」

「ウル……」

「ペロペロッ……」

「うわ、どうしたんだよ急に……あははっ」

レイトが窓に近づいてウルを撫でると、子供の頃のように自分の顔を舐めてきた。

レイトは苦笑《くしょう》しながらもウルの頭を撫で、その柔らかい毛に顔を埋《うず》める。そして、彼を抱きしめながら呟く。

「……このままだと駄目だ」

「ウォンッ？」

「こっちの話」

レイトはウルから離れ、収納魔法を発動させて退魔刀を取り出す。それを両手で握りしめると、その場で一度だけ素振りした。

「はあっ‼」

大剣の刃が空気を斬り裂き、風圧で家具に振動が走る。

剣を振った一瞬、レイトは何もかもを忘れた。

「ふうっ……」

それでも振り終わった瞬間に色々と考えてしまい、レイトは退魔刀の刃に映る自分の顔を見てため息を吐いた。今まで何度も辛い出来事はあったが、今回は特に精神の消耗《しょうもう》が激しい。

だが、彼はついに決意し、大剣を壁に立てかけてアイリスと交信する。

『アイリス』

『どうしました？』

『頼みがある』

そう言ったあと、レイトは自分の覚悟と考えをアイリスに告げた。

『分かりました。それがあなたの選択なら、私は力を貸しましょう』

全てを聞き終え、アイリスは承諾《しょうだく》した。

『ありがとう』

『お礼なんて言わなくていいですよ。私はレイトさんの協力者ですから』

レイトは退魔刀をしまい、コトミン達のもとに戻る。

彼女達は護衛の治療を終え、疲れた表情で地面に座り込んでいた。

「あ、兄貴……」

「レイト、もう大丈夫？」

『ぷるぷるっ……』

心配した様子の二人とスライム達がレイトに駆け寄った。

彼女達に、レイトは頼み事を告げる。

「……今から言うものを用意してほしい。それと、ゴンゾウとダインの力も必要だ」

「「……？」」

二人は顔を見合わせた。

彼が何をしようとしているのか分からないが、その真剣な表情を見て、彼の中で何かが起きたのだと察したのだった。

コトミンとエリナに頼み事をしたあと、レイトは二人を連れて黒虎の冒険者ギルドを訪れた。なお、怪我《けが》をした森人族《エルフ》の人々は、彼らが宿泊している宿に戻っている。

彼はギルドでゴンゾウとダインを見つけ、訓練場に場所を移して彼らに自分がとある訓練をしたいと話す。

「はあっ⁉　お前、自分が何を言っているのか分かってるのかっ⁉」

「分かってるよ。やっぱり、ダインでも難しい？」

「いや、別にできなくはないけど……そんなことをしたらお前死んじゃうよ⁉」

「大丈夫だよ。こんなことでは死なないし、死ぬわけにもいかない」

すると、ゴンゾウ、エリナ、コトミンがレイトに言う。

「レイト、いったい何が起きた。どうして急にそんなことを」

「そうっすよ‼　いくらなんでもおかしいです‼」

「絶対に駄目……と言っても聞いてくれそうにない」

『ぷるぷるっ……』

「……頼む」

レイトはゴンゾウ達に頭を下げる。

全員が困惑し、そして同時にため息を吐く。

「事情を話せ。どうして急にこんなことを考えた？」

ゴンゾウの問いに、レイトは首を横に振りながら答える。

「それは教えられない。いや、話したくない」

「話したくないって……」

「おい、レイト……その、僕達は友達だろ？　……友達だよね？」

おずおずとダインが言うと、エリナは不思議そうに言った。

「なんで疑問形なんすか」

「う、うるさいなっ‼　えっと、それなら友達に隠し事をするなよ。何か悩《なや》みがあるなら話してみろ」

「……みんなのことは好きだし信頼しているけど、そんな問題じゃない。これから俺がやることも本当は自分だけでなんとかしたかった。だけど、俺一人じゃできないからみんなの力を借りたい」

「……どうしても話す気はないのか」

ゴンゾウは再度ため息を吐いた。

レイトの強い意志を感じ、仲間達は渋々《しぶしぶ》と協力することにする。

「俺達はどうすればいい？」

ゴンゾウがレイトに聞いた。

「とりあえず、これを俺に投げてほしい」

レイトは収納魔法を発動し、大量の石を地面の上に山積《やまづ》みにした。形状や大きさはバラバラで、中には石ではない鉱物も混じっていた。これはコトミンとエリナに手伝ってもらって集めたものだ。

次にレイトはダインとエリナを見る。

「ダインはさっき頼んだように、俺が避けられそうになかったら影魔法で強制的に回避させてくれ。段々慣れてきたら、エリナにはボーガンで俺を撃《う》ってほしい」

「ほ、本当にやるのか？　言っておくけど、僕の影魔法も絶対じゃないんだぞ？」

「訓練用の弓矢じゃ駄目なんですか？」

「駄目だ。本物じゃないと緊張《きんちょう》を保てない」

「下手したら死んじゃいますよ？」

「万が一の場合はコトミンに治療を頼むよ」

「むうっ……こんなときだけ私を頼る」

コトミンが不満そうに頬を膨《ふく》らませた。

ゴンゾウは石を手に取りながら尋ねる。

「俺はこれを投げればいいのか？」

「思いっきり頼むよ。手加減したら意味がないから」

レイトを中心に、全員が彼を取り囲む。

レイトは一枚の布を取り出して目元を隠し、「心眼《しんがん》」のスキルを発動させる。

「これでよし……じゃあダイン、頼む」

「ほ、本当に知らないからなっ⁉」

ダインが地面に杖を突き刺し、影魔法を発動してレイトの足元に向けて杖から影を伸ばす――

――過酷な訓練の数時間後、全ての準備を整えたレイトは、アイリスからアリアの居場所を聞き出し、彼女が潜伏している場所に向かう。

「ここ?」

『ここです』

レイトがやってきたのは、昔は教会だったと思われる廃墟《はいきょ》だった。周りには人の気配も他の建物も存在しない。

退魔刀を背中に担いだレイトは、扉を押し開いて中に入る。

中はレイトの予想に反して明るかった。天井の窓に巨大なステンドグラスが設置されており、時刻は夕方を迎《むか》えているがそこから光が差し込んでいたのである。

ステンドグラスには、背中に翼をはやした白髪の女性が描《えが》かれている。不思議なことに、顔面の部分は壊されていた。

「……女神《めがみ》?」

『いえ、これは天使ですね』

レイトの呟きに、アイリスが反応する。

彼はその女性の絵を見て、妙な既視感《きしかん》を覚えた。

「この人……もしかして」

「お坊ちゃま」

だが、既視感の正体を掴む前に、横あいから声をかけられる。

そちらを見ると、そこには黒装束をまとったアリアが立っていた。レイトは彼女の顔をもう一度見たら、自分は心を乱すのではないかと思っていたが、意外と冷静でいられた。

アリアは前回襲撃してきたときと違い、腰に小太刀《こだち》のような剣を二本差している。彼女の瞳は虚《うつ》ろで、レイトは彼女のそんな表情を一度だけ見たことがあった。それは彼が屋敷を脱出したときで、その当時のアリアは彼を暗殺しようとしていた。

そのときと同じ表情をしていることから、彼女が自分を本気で殺そうとしていることを悟る。

「久しぶりだね、アリア……」

「その名前で呼ぶのはやめてください。私はもう、あなたのメイドじゃないんです」

「違う」

「えっ？」

「お前は俺の家族だよ。お前のことをメイドだなんて思ったことは一度もない」

「っ……‼」

レイトの言葉に一瞬だけアリアの瞳が揺れたが、彼女は首を左右に振って腰に差している小太刀を抜き、彼に向けて構える。その姿を見たレイトも背中の退魔刀を握りしめた。

二人は同時に動き出し、戦技を放つ。

「『兜割り』っ‼」

「『辻斬り』っ‼」

刃が衝突した瞬間、教会に金属音が響き渡り、お互いの剣が弾《はじ》かれる。威力に圧されて後退ったレイトとアリアは「跳躍」のスキルを発動し、同時に前方に飛び出す。

「『旋風』‼」

「『受け流し』っ」

横薙ぎに退魔刀を払ったレイトに対して、アリアは空中に跳躍して小太刀で彼の剣を受け流した。そのまま彼女は身体を回転させ、レイトの頭部に斬りかかる。レイトはその攻撃を頭を下げて回避すると、大剣をもう一度振り払う。

「『回転』‼」

「風の精霊よ——」

アリアに大剣が接近した瞬間、室内にもかかわらず突風が発生した。

風に乗って空中に飛翔《ひしょう》するアリアを見て、レイトは彼女が、森人族《エルフ》だけが使える精霊魔

法を発動したのだと気づく。

レイトは子供の頃に屋敷の屋根の上から落ちたことがあり、アリアは落下する彼を助けるために同じ魔法を使ったことがあった。

レイトは宙に飛んだ彼女を狙い、魔法を放つ。

「『火炎弾』」

「無駄です」

アリアは避ける素振《そぶ》りも見せず、小太刀に風の魔力をまとわせて魔法を正面から斬り裂いた。

火属性の魔法は風属性に有利なので、彼女が風属性魔法で「火炎弾」を斬ったのはおかしい。

レイトは、疑問の声を上げる。

「……どういうこと？」

「精霊魔法に対抗できるのは精霊魔法だけです。魔法の相性が良かったとしても、普通の人間の魔法は森人族《エルフ》には通用しません」

「ああ、そうなんだ……だから森人族《エルフ》は魔法に最も秀《ひい》でた種族と呼ばれているのか」

彼女はなおも自分の小太刀に風をまとわせ、構える。レイトは普通の魔法では勝ち目がないと判断し、「重力剣」を発動した。

「これなら……どうだっ‼」

「『竜巻』‼」

正面から近づいてきたレイトに対し、アリアは全身を回転させながら小太刀を振り切った。

「はああっ‼」

衝突する風圧の刃と重力の刃。打ち勝ったのはレイトだった。

「くぅっ⁉」

片方の小太刀の刃が空中に弾《はじ》け飛び、アリアの肉体が後方に吹き飛ぶ。

しかし、その一方でレイトのほうもダメージを受けた。剣が衝突した瞬間、風の刃が彼の身体の各所を斬り裂いたのである。

レイトは膝をつきつつ、アリアに言う。

「……重力なら風なんか関係ないみたいだな」

「それならこれはどうですか……『裂空斬《れっくうざん》』‼」

残された小太刀を握りしめ、アリアは鋭く振り下ろす。

すると、小太刀から巨大な三日月状《みかづきじょう》の風の刃が放たれた。

レイトは避けられないと悟り、退魔刀をミスリルに変化させてバルから教わった剣技で迎え撃つ。

「『撃剣』‼」

ミスリルは魔法耐性を持つ金属である。彼は大剣を精霊魔法で生み出された風刃に正面からぶつけ、見事に斬り裂いた。

屋内を衝撃波が駆けめぐり、天井のステンドグラスが激しく振動して罅割れる。

「まさかっ……⁉」

「アリアぁあああっ‼」

レイトは退魔刀を握りしめ、「身体強化」と「魔力強化」を組み合わせて限界まで肉体の力を引き上げてアリアに接近する。そして退魔刀に発動している「重力剣」をさらに「魔力強化」で強化し、紅色の魔力を炎のように変化させた。

レイトは大剣を突きの構えで駆け出すが、アリアは落ち着き払っている。

「――お坊ちゃまならそのように行動すると信じてましたよ」

「――っ⁉」

次の瞬間、レイトの視界からアリアの姿が消えた。

暗殺者のスキルを極限《きょくげん》まで極めた彼女は、自分の気配を完全に消せる。

だが、レイトはこの事態に備えて仲間達と「心眼」の訓練をしていたのだ。

彼は瞼を閉じて、アリアの位置を「心眼」で探す。

すると、右方向に移動する彼女のほんのわずかな気配を感じ取った。普段の彼女ならば完璧に気配を殺せたはずだが、ここまでの戦闘で疲労しており、技のキレに精彩《せいさい》を欠いていた。

レイトは剣の軌道を右側に修正して、一気に突き出す。

「あぁあああああああああっ‼」

「っ⁉」

アリアは咄嗟に小太刀を投げつけるが、レイトは避けようとしない。

「えっ……⁉」

アリアが驚きの声を上げた。

レイトは収納魔法を発動し、目の前に黒い渦巻きを出現させて迫りくる小太刀を異空間に回収したのである。

隙だらけのアリアに、レイトは最後の一撃を放つ。

「――――ッ‼」

声にならない叫び声が教会に響き、アリアの肉体から血飛沫《しぶき》が上がった。

彼女は自分の胴体に突き刺さった退魔刀を見て、吐血する。

「かはっ……‼」

「はあっ……ああっ……」

「……おみ、ごとです……おぼっ、ちゃま……」

死の間際《まぎわ》にもかかわらず、アリアは笑みを浮かべた。

レイトはその顔を見た瞬間、屋敷の中で彼女と過ごした日々を思い出し、涙を流す。

「アリアぁっ……」

「そんな顔、しないで……これが、あなたの選択……がはぁっ‼」

徐々にアリアの顔がぐにゃぐにゃと変化し、彼女に貼りついていたスライムが剥がれ落ちた。

やがて現れた彼女の素顔にレイトは目を見開き、同時に彼女はゆっくりと彼の顔に手を伸ばす。

「……ありがとう、ございます……これで、やっと……私は」

最期《さいご》の言葉を言い終える前に、アリアの身体から力がなくなり、ずるりと大剣から抜け落ちる。

レイトは咄嗟に手を伸ばして掴もうとするが、間に合わずに彼女の身体は地面に倒れ込んだ。

「アリア……あり、あっ……あ、あああああああああああああっ‼」

レイトは退魔刀を手放してアリアのそばに駆け寄り、彼女の身体を抱いて子供のような泣き声を上げた。この場所に来る前に覚悟していたが、それでも自分の大切な人を自分自身の手で殺《あや》めるしかなかったことに涙が止まらない。

「うう、あっ……こんなっ……終わり方ぁ……っ……⁉」

彼女の身体を抱き上げたとき、死体の胸元から何かがこぼれ落ちた。

レイトが拾うと、それは幼少の頃にレイトがアリアから誕生日プレゼントとして受けとった回復薬の小瓶だった。戦闘の影響で、罅割れてしまっている。

「これ……ずっと持ってたのか……？」

この小瓶は、レイトが屋敷を脱出する際に母親のペンダントと一緒に置いてきたものだ。

すると、突如《とつじょ》として小瓶がバラバラに砕けた。

レイトは血がにじむのも構わず、小瓶の破片《はへん》を強く握り込む。そして、安らかな表情を浮かべて横たわるアリアの顔を見た。

「名前くらい……教えてよぉっ……」

結局、アリアの本当の名前を知ることもできなかった。

レイトは涙を流し続けていたが、いきなりアイリスの声が脳内に響く。

『レイトさん、すぐにそこから離れてください‼』

『……アイリス？』

『その場所には時限式の火属性の魔石が大量に仕掛けられています‼　もう間もなく、教会に火が回りますよ‼』

『そんな……なら、アリアも一緒に』

『もうそんな時間の余裕はありません‼　それに……アリアが魔石を設置したのは自決するためです。彼女はレイトさんを殺したあと、自分も死体が残らないようにして死ぬつもりでした』

『アリアがっ……⁉』

『さあ、急いで離れてください‼　ここでレイトさんが死ねば彼女も悲しみます‼』

『くっ……‼』

レイトはアリアの亡骸《なきがら》に目をやり、彼女を置いて教会の外へ飛び出す。

建物から抜け出した直後、教会全体に火が回り、ゆっくりと焼け落ちていく――

――この日、レイトは最愛の家族を失った。彼女の本当の名前はなんだったのか、旧帝国《エンパイア》に従っていたのか、彼女はレイトを愛していたのか……全てを知っているのはアイリスだけだが、レイトがアリアのことを彼女に尋ねることは決してない。彼は何も聞かず、家族の命を奪った罪を背負い続けることを誓《ちか》う。

現在、彼は燃え尽きた教会で穴を掘《ほ》っていた。そして完全に炭化して顔も分からなくなったアリアの亡骸を探し出し、そこに埋める。最後に墓標《ぼひょう》の代わりに彼女の小太刀を突き刺し、彼は自宅に戻ることにした。回復薬の小瓶の欠片は、形見《かたみ》として小さな革袋にしまってある。

家に向かう途中、レイトは誰かに尾行されていることに気づいた。

「……誰？」

「見つけたぞ……人間っ‼」

彼が振り返ると、そこには薄汚れた衣服を着た森人族《エルフ》の脱走者、ライコフが弓矢を構えて立っていた。彼は鼻血を垂らし、左足を引きずっている。どうして彼がここにいるのかと疑問を抱《いだ》くが、尋ねる気にはなれなかった。

ライコフは端整な顔を歪《ゆが》めて怒鳴る。

「お前のせいで……僕は全てを失ったんだ……お前のせいでぇっ‼」

「やめろ……今はそんな気分じゃない」

「うるさい‼　お前だけは……っ‼」

ライコフが弓を引き絞ったが、レイトは避けようとしない。

そんな彼の態度を、ライコフは訝しむ。

「な、なんだその顔は……早く剣を抜けっ‼　せめて剣士らしく死んでみせろっ‼」

「なんで？」

「なんっ……⁉」

「俺は……剣士じゃない」

あまりに覇気《はき》のない姿にライコフは、本当に目の前の男が自分を陥れた人間なのかと疑《うたが》った。

だがすぐに、こんな男に自分の人生を狂わされたのかと怒り、彼は矢を放とうとする。

「死ねっ‼　下等種族がっ‼」

「どこを見てる？」

「えっ……」

次の瞬間、ライコフは背後から声をかけられた。

彼が振り返ると、いつの間にかレイトがそこに立っている。

ライコフは情けない悲鳴を上げて転倒した。そしてあまりの不気味さに、四《よ》つん這《ば》いで逃げようとした。

「どこへ行く気だ？」

「うわっ⁉」

すると今度は、前方からレイトに声をかけられた。

ライコフは腰を抜かし、唇《くちびる》をわななかせる。

「な、なんで……⁉　どうしてっ⁉」

「何を言ってるんだお前……」

「ひぃっ……⁉」

レイト自身は、どうしてライコフがここまで怯えるのか分かっていなかった。彼は普通に「跳躍」のスキルでそばに移動しただけなのだが、ライコフはその動きが見えていないらしい。

そのとき、レイトはあることに気づく。

「……あっ、そういうことか」

「な、なんだっ……⁉」

ライコフを無視して彼が自分のステータス画面を開くと、予想通り新しい暗殺者のスキルを習得していた。

〈縮地《しゅくち》――自身を中心とした半径10メートル以内の範囲を一瞬で移動できる〉

「縮地」は吸血鬼《ヴァンパイア》のゲインも使用していたスキルである。アリアとの戦闘を通して、いつの間にか身に付けていたのだった。

また、レイトは新しい称号も獲得《かくとく》していた。彼はその説明文を見て、自嘲の笑みを浮かべる。

〈剣鬼《けんき》――鬼の如《ごと》く、剣を扱う人間の称号〉

この称号は、まさに今の自分に相応しい――レイトはそう考え、退魔刀に手を伸ばす。

「じゃあ、死ね」

「ぎゃああっ⁉」

レイトが退魔刀を勢いよく振り下ろし、ライコフは頭を抱えてその場に伏《ふ》せた。

それを確認したレイトは寸前で大剣を止め、彼の頭に拳を叩き込む。

「なんてねっ」

「ぐあっ⁉」

そしてレイトは身体を屈《かが》めてライコフと視線を合わせ、呆然とする彼に告げる。

「いつでも来い、今度は叩き斬ってやる」

「あ、あうっ……」

股間《こかん》を濡《ぬ》らしたライコフを睨みつけ、レイトはその場から立ち去った。

ライコフはへたりこんだまま、自分が固く握りしめていた弓に目を向け、力なく手放した――

3

家に帰り、レイトは泥のように眠り続けた。

結局、彼が次に目を覚ましたのは翌日の朝、彼の自宅を訪れた森人族《エルフ》の人々が、脱走していたライコフが自《みずか》ら戻ってきたことを報告したときだった。

それからまた時間が経過し、腐敗竜の発見から六日目となる。

この日、各冒険者ギルドはついに本格的に動き出した。腐敗竜が襲撃してきた場合に備えるのではなく、こちらから出向いて腐敗竜を討伐する方針を取ることを、全ての冒険者に通達したのだ。

この判断は、レイトのおかげでカラドボルグという強力な聖剣を得られたこともあるが、氷雨のマリアの命令で調査に出ていた冒険者が帰ってきて、腐敗竜に厄介《やっかい》な変化が起きていると報告したことが大きい。

調査任務をしていた冒険者の名前は、シノビ・カゲマル。彼は山村で、死霊使い《ネクロマンサー》が魔物のアンデッドを腐敗竜に食わせている光景を目撃したと話した。しかも腐敗竜はアンデッドを喰らう度に身体が大きくなり、現在では全長が三十メートルを超えるというのだ。

この報告を受けた冒険者ギルドの代表達は、いたずらに時間をかければ腐敗竜がさらに力を増すと判断した。そして不本意ではあったが、冒険都市の防衛を将軍であるアルトに任せ、冒険者だけで腐敗竜の討伐を試《こころ》みることにする。

これに対し、アルトは討伐部隊への同行を強く願った。しかし都市警備《けいび》の責任者を連れていくわけにもいかず、そもそも彼が付いてきたところで状況は変わらない。

通達の前日に行われた作戦会議で、各冒険者ギルドのマスターとアルトは以下のような会話をした。

「僕はこの都市を任された将軍です‼　それなのに都市を脅《おびや》かす存在を前にして、何もするなと言う気ですかっ⁉　僕も連れていってください‼」

「あなたが来たところで何ができるの？　それと、勘違いしないでくれるかしら……私達は別に王国に忠誠《ちゅうせい》を誓う兵士じゃないのよ。いちいちあなたのワガママに付き合う義理はないの」

容赦のないマリアの言葉にアルトは圧倒され、渋々作戦を受け入れた。

話が落ち着いたところで、バルはため息をこぼす。

「国王様はあたし達のことを見捨てたのかね……」

「そ、そんなことは……」

アルトが歯切れ悪く言ったが、今度はギガンが尋ねる。

「だが、自分の娘が危険だというのに、迎えの人間すら寄越《よこ》さないとはどういうことだ？」

冒険都市には現在、王女であるナオが療養《りょうよう》している。それにもかかわらず、国王は彼女を王都に連れ戻そうとしない。

「そういえば、これはあくまでも噂なんだけどね……今の王妃《おうひ》を迎えてから国王様が急におかしくなったというじゃないか。それは本当の話なのかい？」

バルの言葉に、アルトは声を荒《あら》らげる。

「な、なんてことをっ‼　あなたは王妃様を侮辱するのですかっ⁉」

「でもねぇ……あたしが知っている国王様は、少なくとも娘の危機に何もしない冷徹《れいてつ》な人間じゃなかったよ。新しい王妃になってから……正確にはあの王子が生まれてからおかしくなったように思えるんだよ」

「それ以上の発言は許しません‼　今すぐに撤回《てっかい》してください‼」

「あたしは世間話をしただけだよ。それにあんたも本当はおかしいと思ってるんだろう？　……まあいい、留守番《るすばん》は頼んだよ」

「ま、待ってください、まだ話は……⁉」

「坊や、ここから先は大人の仕事だ。あんたみたいなガキが死に急ぐんじゃないよ」

有無を言わせず、バルはアルトを会議室の外に叩き出した――

腐敗竜への方針の通達後。

黒虎の冒険者ギルドには、討伐に参加する三十名の冒険者が集められていた。

バルは彼らの顔を見渡し、口を開く。

「よし、全員集まったね。これから作戦を説明するよ」

「全員って……半分以上が他のギルドの人間じゃないか」

黒虎の冒険者でないのに、その場に呼ばれたダインがボソリと言う。

「うるさいねえ……文句ならあとにしな」

今ここには三十名の冒険者が集められ、その中にはゴンゾウやダインをはじめとした、他のギルドの人間も含まれている。黒虎は人材不足のため、助《すけ》っ人《と》を頼んだのだ。

また、そもそも冒険者ではないコトミンとエリナ、それに森人族《エルフ》の護衛達の姿もある。彼女達も優れた能力を持っているので、バルの頼みで今回の討伐に参加してもらうことになった。

そのとき、バルはふとあることに気づいてダインに尋ねる。

「ん？　そういえばレイトの姿が見えないが、どうしたんだい？」

「僕は知らないよ。てっきり、先に来てると思ってたけど……」

ダインがゴンゾウ達をちらっと見ると、彼らは首を横に振る。

「俺もだ」

「あたしも知らないっす。兄貴が『もう護衛はいらない』って言うので、今は一緒に住んでないですから……」

「私も知らない。でもスラミンとヒトミンが知ってるらしい」

『ぷるぷるっ……』

「いや、こいつらの言葉はあたしにはさっぱり分からないんだけどね……こんなときにどこに行ったんだい、あいつは……？」

当然ながら、討伐部隊にはレイトの名も入っている。彼らはレイトの姿が見えないことに不安を抱いていたが、当の本人は実は冒険者ギルドにいた。だが、全員の集合する一階ではなく、二階の医療室を訪ねていたのである。

レイトは果物が入った籠《かご》を抱え、医療室の扉をノックする。すると、中から「どうぞ」という女性の声がした。

扉を開くと、中にはベッドで上半身を起こしているナオの姿があった。レイトは、彼女の見舞いに来たのだった。

「ナオ様さん・・・」

「どんな呼び方だ」

「ナオさん様・・・」

「順番を変えるなっ」

レイトの言葉にナオは苦笑しながらツッコみ、肩の力を抜く。

「ふうっ……ずいぶんと心配をかけたようだな。だいたいの事情はバルさんから聞いている」

「バルがさん付けで呼ばれるの、初めて聞いた気がする」

『そういえば基本的に呼び捨てか、ギルドマスターとしか呼ばれてませんよね、あの人……』

「自分が所属するギルドのマスターなのに、レイトは呼び捨てなのか？」

ナオは怪訝な顔をしたが、「まあいいか」と言って流した。

レイトはそばにあった椅子を引っ張ってきて座り、持ってきた籠をサイドテーブルの上に置いた。そしてナイフを取り出して慣れた手つきで果物を剥《む》き始める。

ナオはその姿を見ながら、おずおずとレイトに話しかけた。

「レイト……お前は私の従弟《いとこ》、いやこの場合は義理の弟になるんだな」

「そうみたいですね」

ナオは自分とレイトの関係についてすでに知っていた。彼女と、もう二人の姉妹はバルトロス国王の養子である。実の父母は亡くなっており、父親は現国王の兄弟だった。

レイトの返答に、ナオは微笑《ほほえ》みながら言う。

「敬語は止めろ、私は素《す》のお前と話したいんだ」

「……分かった」

レイトがナオを見て頷くと、彼女は申し訳なさそうな表情で、頭を下げる。

「すまなかった……」

「え？」

「昔、父上……いや、国王からお前のことを聞いたことがある。国王は死産したと言っていたが、本当のことを言うと、私はそれが嘘だと気づいていたんだ……」

「……どういうこと？」

「十四年前……私は、アイラさんが赤ん坊を抱きかかえて兵士に連行される姿を見ていたんだ。あの人は、亡くなった母親の代わりに私達のことを可愛がってくれた……だが、第一王子が生まれた日にあの人は城から姿を消した。その当時はよく分からなかったが、数年後にアイラさんは第一王子と一緒にどこかに連れていかれたって悟ったんだよ」

「あのときにナオが……？」

「ん？　あのとき？」

「あ、いや……なんでもない」

レイトには、生まれた直後の記憶があり、アイラと自分がどのような経緯で王城から追い出されたのかも知っている。しかし、それをナオも目撃していたとは知らなかった。

「私は真実に気づいてから、国王にアイラさんはどこに行ったのかと何度も問い質《ただ》したが、結局は何も答えてくれなかった。その後、国王は私が十歳の誕生日を迎えたときに新しい女性と結婚し、その女はすでに子供を身ごもっていた。だが、この新しい女は母親としては最悪だ」

「え？」

「……食事に毒を盛られたことがある。しかも私だけではなく、妹達もだ」

ナオの発言に、レイトは驚愕を隠せなかった。

ナオは歯を食い縛って拳を固く握り、さらに話す。

「あの女は毎日の食事に微量《びりょう》の毒を盛り、徐々に私達の身体を弱らせていった。最初に異変に気づいたのは末の妹なんだが、この子は生まれたときから身体が弱く、定期的に回復魔導士に体調を診《み》てもらっていた。それが幸いして、身体の中に蓄積《ちくせき》する毒を発見できたんだ」

「でも、どうして毒を混ぜたのが王妃だと分かったの？」

「毒を盛った料理人を力ずくで吐かせた。そして私は王妃の仕業だと国王に報告したんだが、あの人はそれを信じようとしなかった。他国か、あるいは旧帝国《エンパイア》の謀略《ぼうりゃく》だと言い張って王妃を庇《かば》ったんだ……このとき私と妹達は、国王は自分達よりも王妃とその子供が大切なのだと気づいた……」

「そんな……」

ナオは悲しげな表情をし、さらに言う。

「……正直に言えば、アイラさんがいた頃は私達家族の関係は良好だった気がする。だけどアイラさんが追い出されて、代わりにやってきたあの女のせいで何もかも狂い始めたと思う……レイト、お前の死を望んだのは本当は国王じゃないんだ」

「え？」

「たしかに暗殺命令を発したのは国王だが、その命令を出すように言ったのは王妃だ。あの女はアイラさんとその息子が深淵の森に隔離されているという情報を、どこかで掴んだんだよ」

予想外の言葉にレイトは動揺し、ナオを問い質す。

「どうしてそのくそ女……あ、いや、王妃が俺と母上の命を狙うの？」

「妙な気を使う必要はない。王妃のことは私も嫌いだ。あの女がアイラさんとお前の命を狙ったのは、自分の息子を確実に王位に就《つ》かせるためだ。だから私と妹達の命も狙い――さらに自分の夫である国王にまで手を出した」

「えっ……」

「……国王の食事にも毒が盛られていた。それも、私達のときよりも多量のな……あの女の目的は、自分と息子で王国を支配することだ」

ナオは苛立《いらだ》ちのままに、サイドテーブルを殴った。その衝撃で、籠からいくつかの果物がこぼれ落ちる。

「……すまない、取り乱した。今は奴の……あの忌々しい竜種の討伐に集中しなければな」

「ナオ……？」

「奴だけは……私の手で殺す」

そう言うナオの目つきは非常に鋭かった。

彼女が率いていたヴァルキュリア騎士団は、腐敗竜との戦闘でほぼ全滅《ぜんめつ》しており、ほとんどの団員が殺された。生き残った者も未だに意識が戻らない人間が多い。彼女はその仇討ちをしようとしているのだ。

だが、腐敗竜の討伐作戦決行日の前日に目を覚ました彼女は、まだ身体が弱っている。回復魔導士からは、完全に動けるようになるまで数日のリハビリが必要だと告げられていた。

それでもナオは、討伐部隊への参加をバルに嘆願《たんがん》した。

バルは一度は断《ことわ》ったが、彼女の意志の強さに折れて同行することを認めた。

ナオが復讐に燃えている中、レイトの脳内にアイリスの声が響く。

『バルさんはナオを連れていきませんよ。嘘をついて都市に残すつもりです。万が一の場合を考えて、彼女の食事に眠り薬を盛るようですね』

その情報を聞いたレイトはどのような反応をすればいいのか分からず、話題を変えることにした。

「ナオは俺の母上のことはよく知っているの？」

「んっ……ああ、もちろん。というか、実は王都にいるときは何度も会ってるんだ」

「えっ!?」

「私が王都に戻ったら、すぐにお前のことをアイラさんに報告する。だが、すまないが私の力では今はアイラさんと会わせることはできない……彼女は現在、ある貴族の庇護下《ひごか》で生活しているんだ」

ナオの話によると、アイラはレイトが屋敷を脱走したあと、王城に乗り込んで家臣の前で国王を殴り飛ばし、それが原因で現在は別の屋敷で暮らしているという。それは、彼がアイリスから聞いていた情報と一致していた。

「そうだったのか……そういえば俺の弟、第二王子はどんな子供なの？」

レイトはやっと、自分が暗殺されかけた原因である腹違いの弟のことに思い至り、ナオに尋ねる。

すると、彼女は言いにくそうに顔を逸らした。

「第二王子、か……正直に言えば私もよく知らないんだ」

「え？　知らない？」

「第二王子は現在、王城で大切に育てられている。一応私も何度か顔を合わせたことはあるが、最後に会ったのは一年前だ」

「一年前⁉」

驚きの声を上げるレイトに、彼女は事情を説明した。

「食事に毒が盛られた一件から、私と妹達は王城から離れて暮らしているからな。妹二人は現在、アイラさんを保護している貴族の屋敷に、一緒に世話になっている。私は騎士団の宿舎で寝泊まりしているから一緒に暮らしてはいないんだがな。仕事の報告をするために、たまに王城に行くことがあるんだが、滅多《めった》に王子とは会わなかった」

「そうなんだ……少し気になったのにな」

「あまり期待しないほうが良い。可哀想《かわいそう》なことに、性格は母親似だった……表向きは礼儀《れいぎ》正《ただ》しいが、自分よりも身分が下の人間には傲慢《ごうまん》な態度で接する。使用人に無茶な命令をして弄《もてあそ》んでいるという噂をよく耳にする」

「本当に大丈夫なのか、王国は……」

レイトは呆れてしまい、自分は追放されて本当に良かったと心の底から思った。結果的に彼はアイラとアリアとともに平和に過ごせたのだから、王城で育てられたナオ達よりは幸せだったかもしれない。

「そういえば、ナオの妹さん達はどんな人？」

「妹のことが気になるのか？　そうだな……こう言ってはなんだが、姉の私から見ても相当な変わり者だ。いい子なのは間違いないんだが……」

王族でありながら騎士団を率いて前線で戦っているナオも、レイトには十分な変わり者に思えるのだが、それについては何も言わない。

詳しく聞こうとしたとき、部屋の扉がノックされる。

「お、レイト。もしやと思ったが、やっぱりここにいたのかい」

「バル？」

「バルさん……」

中に入ってきたのはバルだった。

「あ～……姫様、ちょっとこいつを借りていいですか？」

「え、ああ、私は構いませんが……」

レイトはバルに手招《てまね》きされ、医療室をあとにする。

バルはナオに一礼し、扉を閉めて即座にレイトに向き直る。

「姫様の見舞いかい？」

「まあね……大分元気になったようだけど、腐敗竜への復讐に燃えている」

「そりゃそうだろうね……まさかあんた、作戦の内容は伝えていないだろうね？」

「教えてないよ」

討伐部隊は今日のうちに出発し、明日の朝に腐敗竜に襲撃を仕掛ける手筈《てはず》になっている。作戦の内容は一部の冒険者のみ事前に伝えられ、黒虎に所属する中ではレイトだけが聞かされていた。

「他のみんなの様子はどう？　いつも通り？」

「この状況で冷静でいられる奴なんていないよ。というか、あんた以外の奴らは準備のためにもう行動しているよ。南の門にいるから、早くあんたも手伝いに向かいな」

「分かった。バルはどうするの？」

「あたしは姫様をもう一度だけ説得するよ。それでも聞いてもらえないなら、悪いけど置いていくしかないね……はあ、どうしてあたしが復讐は無意味だ、なんて説明しなくちゃいけないんだい」

レイトはその言葉を聞き、バルに頼み事をする。

「……じゃあ、バル。悪いけどそれが終わったら手合わせしてくれない？」

「はあ？　なんだいこんなときに……」

「ちょっと確認したい動きがあってね。バルなら殺しても死にそうにないから、大丈夫だと思う」

「どういう意味だい‼　たくっ……新しい戦技を試したいってのかい？　まあいいよ」

バルは戸惑いながらも承諾し、医療室に入る。そしてしばらくして出てきたあと、二人は訓練場に移動した。

　訓練場にはいつも通り誰もいない。レイトとバルはお互いに大剣を構え、レイトはさらに「氷装剣」も発動して二刀の構えを取った。

「……あんた、いつから二刀流になったんだい？」

「最近……かな？　慣れれば意外と便利だよ」

「そんな付け焼き刃の剣があたしに通じると思ってんのかい……と、言いたいところなんだけどね」

　バルはそう言うと、表情を一変させる。レイトの構えが油断ならないと判断したのだ。彼女は開始の合図もせずに駆け出し、レイトに向けて横薙ぎに剣を払う。

「おらぁっ‼」

「『受け流し』」

「うおっ⁉」

　左側から迫ってきた大剣をレイトは左手の氷装剣で受け止め、攻撃の軌道を逸らす。バルは慌てて距離を取り、あっさりと自分の攻撃を受け流したレイトに冷や汗を流す。

「……今のを軽く受け流すのか。ガキの成長は早いと言っても、いくらなんでも強くなりすぎなんじゃないかい？」

「あんたが手加減するから受け流せただけだよ。前に戦ったときも俺のことを気遣《きづか》って手を抜いていたでしょ？」

「当たり前だろ？　ガキ相手に本気を出したら殺しちまうだろう……がっ!!」

会話の途中で、バルは大剣を持ち上げて振り下ろした。

あまりの剣圧に地面の土砂《どしゃ》が吹き飛ばされて土煙《つちけむり》が舞い上がり、レイトの視界を塞ぐ。

「うらぁっ!!」

「こっち」

「ああっ⁉」

バルは土煙に紛れて攻撃を仕掛けようとしたが、背後からレイトに声を掛けられて驚愕する。

しかし、彼女は驚きながらも即座に反応して振り返りざまに大剣を振り払った。だが、今度は二つの剣によって弾《はじ》かれてしまう。

「くっ……⁉　まさか、あんたいつの間にそこまで……⁉」

バルは長年の経験から、レイトが「縮地」を発動したことを悟る。「縮地」は習得が非常に困難なスキルであり、一流の剣士でも覚えられる者は稀《まれ》である。

レイトは退魔刀と氷装剣を構え直し、バルと向き合う。

「今度はこっちから行くよ」

「はっ!!　上等だっ!!　かかってきなっ!!」

自分の弟子《でし》の急成長に興奮し、バルが吼《ほ》えた。

一方、レイトは心を落ち着かせて身体が強張《こわば》らないように注意する。適度に脱力しつつ、両手の大剣と長剣を握りしめた。

その後、訓練場に金属同士がぶつかる音が幾度《いくど》も響く。

二人の大剣が衝突する度に火花が散り、今や二人は手合せであることを忘れたかのように本気で斬り合っていた。

「おらぁっ‼」

「危《あぶ》ねっ」

バルの攻撃をレイトは紙一重《かみひとえ》で回避し、彼女は笑みを浮かべて続く戦技を発動する。

「『回転』‼」

「『受け流し』」

レイトはまたもや攻撃を受け流したが、手元の衝撃に眉をひそめる。今の彼女が放った攻撃が、レイトには軽いものに感じたのだ。

――ここで、バルについて説明しておこう。

冒険者ギルド、黒虎のギルドマスターである彼女の職業は剣士と格闘家であり、レベルは65。

こちらの世界ではレベル70以上の人間を職業に関係なく英雄と呼ぶ。70に近い彼女は、英雄の領域に片足を踏み入れた人間と言える。

レベルには上がりやすい時期があり、最もレベルが上がりやすい時期は十代前半〜二十代前半とされている。二十代の半《なか》ばを過ぎると、非常に上がりにくくなるのだ。

彼女は若くしてギルドマスターに就任《しゅうにん》したが、もしギルドマスターの座につかず、現役の冒険者として活動していたら、間違いなく英雄になれた。

バルがギルドマスターに就任した理由は、彼女の親を殺したゲインという男に復讐するためである。

復讐のため、彼女は氷雨に所属していた時期もあった。育ての親として何かと面倒を見てくれたマリアへの恩返しという意味もあったが、それは本来の目的ではなかった。

彼女は冒険者活動をするかたわら、ゲインについての情報を収集していたのだ。

しかし、あるときついに、マリアはバルの本当の目的を知る。復讐という無意味な行動をしてほしくないと考えた彼女は、バルにゲインを追うのはやめるように伝えた。

だが、バルはそのことに憤慨して彼女のもとを離れてしまい、当時の黒虎のギルドマスターから自分のあとを継いでほしいと頼まれ、新たなギルドマスターに就任した。

ギルドマスターとなった彼女は、冒険者だった頃に築《きず》いた人脈を利用して人員を集め、同時にゲインの情報を収集することにした。

その甲斐《かい》があり、彼女は何度かゲインと邂逅《かいこう》を果たすことができたものの、いつもあと一歩というところで逃げられてしまった。

しかもごく最近、彼は何者かに殺されてしまい、バルは自分のこれまでの人生がなんのためにあったのかと絶望《ぜつぼう》した。それでも自分を慕《した》う人間達のおかげで彼女は立ち直り、今ではこうして自分を追い込むほどに成長したレイトの姿に歓喜しているというわけである。

――場面は再びバルとレイトの戦闘に戻る。

『撃剣‼』

二人の声が同時に重《かさ》なり、お互いの剣が衝突した。力比べは職業やレベルを考えてもバルのほうが有利のはずだが、レイトは軽々と真正面《ましょうめん》から彼女の剣を弾《はじ》き返す。

バルは予想外の剣圧に戸惑い、今のレイトの戦い方がゲインと似ていると感じた。

「あんた……この剣はまさか……⁉」

「まだまだっ‼」

「くっ⁉」

魔法で身体能力を強化したレイトは、幾度も剣を繰り出す。

刃を交える度に、バルの疑問は徐々に確信に変わった。

「はああっ‼」

「うおっ⁉」

レイトの攻撃は刃が交わる度に速度と圧力を増し、ついにバルの身体は後方に吹き飛ばされた。

それを見たレイトは氷装剣を手放し、退魔刀を両手で握りしめてバルに接近する。

そのとき、バルはレイトの瞳が赤色に変色したことに気づき、自分の予想が正しかったことを悟る。

「鬼の目……!?」

「――うおおっ!!」

今のレイトの攻撃をまともに受けたらまずいと判断したバルは、咄嗟に大剣を手放した。

バルの大剣に退魔刀の刃が触れた瞬間、バルの大剣が真っ二つに折れた。

「うわぁっ!?」

「おっとと……!?」

バルは彼女らしくない悲鳴を上げ、レイトも予想外の手元の感触に戸惑い、大剣を地面に突き刺してしまう。それと同時に彼の瞳の色が元に戻り、両者は頭から冷水を被ったように冷静になる。

「あ、あんた、あたしを殺す気かい!?　今のは危なかったよ!!」

「いや、ごめん……なんだか知らないけどすごく身体が軽くなって……自分でも驚いてる」

「たくっ……あたしの剣を壊しやがって」

十年以上の付き合いがあるミスリル製の大剣を容易く破壊したレイトに、バルは文句を言いながら立ち上がる。

レイトの身に何が起きているのか心当たりがあった彼女は、表面上は普通に振る舞っているレイトに話しかける。

「レイト……あんた、人を殺しただろう。それも……身近な人間を」

「っ……!?」

「その反応……当たりかい。いったい誰を殺した？」

予想外のバルの質問にレイトは硬直し、彼女はため息を吐きながら折れた大剣を拾い上げる。

バルの口調《くちょう》はレイトの人殺しを責めるものではなかった。

「今のあんたの剣は普通じゃなかった。そしてこの剣には覚えがある……あんた、剣鬼の称号をもらったね」

「どうして……」

「何度か剣鬼の称号を持った奴と戦ったことがある。そいつの剣筋《けんすじ》とあんたの剣筋がよく似てたんだよ」

バルはその場に座り込み、レイトにも座るようにジェスチャーした。

仕方なく、レイトは彼女と向き合う。

「何があったのか話してみな。少しは楽になるかもしれないよ」

「なら……その前にどうしてあんたが剣鬼のことを知っているのか教えてくれ。剣鬼というのがどんなものか知りたいんだ」

「なるほど、交換条件かい？　まあ、別にいいけどね」

レイトの質問にバルは腕を組んで考え込み、しばらくして一言告げる。

「憧《あこが》れ」

「えっ……？」

「あたしにとって剣鬼というのは憧れだった。復讐のために生きるあたしには、最も相応しい称号だと思ったのさ」

「……どういう意味？」

復讐という単語を聞き、レイトはゲインのことを思い出した。バルが彼を殺すために生きてきたことを、彼はアイリスから教わっている。

バルは詳しく説明を始めた。

「剣鬼というのは、特別な称号なんだよ。普通の剣士は、一定のレベルに到達して習得している剣士関連のスキルの熟練度が一定値を超えると、剣聖という称号を得る。あたしも十代後半のときにその称号を手に入れた」

「へえ……」

「だけど剣鬼は剣聖とはまったく違う。こいつだけは剣の腕を磨《みが》いたところで手に入る称号じゃない。色々と憶測《おくそく》されているが、どんな手順を踏めば習得できるか判明していないんだよ……だけど一つ確実なのは、こいつを習得した人間は『英雄』と呼ばれる人間に匹敵する力を得るってことだね」

「英雄……」

「レベルが70を超えた人外どもさ。昔、あたしはその英雄の一人に喧嘩を売ったことがあるけど……勝負にすらならなかったね。気づいたときにはあたしはギタギタに叩きのめされていた」

「……そんな野蛮《やばん》な人に喧嘩売ったの？」

レイトが聞くと、バルはいきなり笑い出した。

「ぶはははははっ‼　た、たしかにあの人は野蛮だったねぇっ‼　あんたの言う通りだよ」

「……？」

すると、アイリスの声が脳内に響いた。

『バルさんを叩きのめしたのはレイトさんの母親、アイラですよ。ちなみに今はマリアのほうがレベルは高いようですが』

『えっ……⁉』

自分の母親がレベル70を超えていたと知り、レイトは内心で動揺する。それと同時に、そんな人間に殴り飛ばされた国王が無事に生きていることに素直に感心した。

「たく、久しぶりにこんなに大笑いしたよ……えっと、なんだっけ？　剣鬼について知りたいんだったたね」

「ああ。今までにどんな人間がなってるの？」

「大抵の奴は歴史上の大犯罪者さ。だけど、中には立派な人間もいるよ。そして肝心《かんじん》の取得方法だが……さっきも言ったけど、よく分からないのさ。人を殺し続けることで取得できるんじゃないかと言われているけど、その理屈だと殺人鬼は全員が剣鬼になれちまうからね。あたしは他に条件が必要だと思っている」

「条件？」

「親しい人間を殺すことさ。特に家族のような、最も身近な相手を……どうやら心当たりがあるようだね」

レイトの表情を見て、バルは大きなため息をつく。

「誰を殺した、なんて野暮《やぼ》なことは聞きはしないよ。だけどね、一つだけ覚えておきな……人殺しに快楽を覚えるんじゃないよ」

「えっ……」

「剣鬼になった人間がその後も人を殺し続けると、精神がいかれちまうそうだ。あたしも剣の師匠から聞いただけで、詳しいことはよく知らないんだがね。それでもあたしは剣聖以上の力が手に入るなら、と思って昔は剣鬼を目指していた……結局、この有様《ありさま》だけどね」

自嘲するバルに対し、レイトはどのように反応すればいいのか分からなかった。

ただ、自分がやったことは話さなければならないと思い、彼は全てを打ち明けることにした。

「俺は……自分の育ての親を殺した」

「……聞かせな」

レイトは細かいところは伏せ、彼がどのような経緯でアリアと戦うことになったのかを話した。

話を聞き終えた、バルは納得したように頷く。

「なるほどね……そういうことだったのか。そのアリアという女はきっと、あんたに殺されるためにやってきたのかもしれないね」

「え？」

「だってそうだろう？　あんたの話を聞く限り、その女は超一流の暗殺者だった。なのに剣士のようにあんたと決闘し、最期はあんたの顔を見て笑った。もしかしたら……そいつはあんたに殺されることが分かってたんじゃないかい？」

「そんなこと……」

「まあ、本当のことは死んじまったその女にしか分からないけどね。だけど、あたしが言えるのはこれだけだよ。道を間違えるな、そして死んでしまったアリアの分まで生きな」

バルは彼の胸を小突《こづ》き、出ていった。

残されたレイトはステータス画面を開き、剣鬼の称号を見てバルの言葉を思い出す。

「アリア……まさか、お前は……」

それ以上言わず、レイトは黙って画面を閉じると仲間が待っている門に向かった。


――バルと別れ門に行くと、すでに討伐部隊を運ぶ無数の馬車が用意されており、黒虎の冒険者達を含め二百人近くが集まっていた。

レイトは後ろのほうにある馬車に、ウルを発見する。

「ウル」

「ウォンッ‼」

「あ、やっと来たのかレイト‼　遅いぞお前‼　もう荷物を積《つ》み終わって、これから出発なんだからな‼」

「待ちくたびれたぞ」

すると、幌《ほろ》の中からダインとゴンゾウが顔を出して声をかけてきた。

そちらに近づくと、他の仲間達も乗っている。

「あ、遅かったすね、兄貴‼」

「おかえり」

「ただいま、コトミン……スラミンとヒトミンはどうした？」

コトミンの肩の上にスライム達がいなかったので、レイトが聞くと、彼女の代わりにゴンゾウが答えた。

「こっちだ」

『ぷるぷるっ』

ゴンゾウが手を差し出すと、二匹のスライムが乗っていた。

ヒトミンは即座にレイトの頭の上に飛び乗り、スラミンは勢い良く弾《はず》んでコトミンの肩に戻る。

「この子達はゴンゾウに遊んでもらっていた。さっきまでぷるぷるダンスをしていた」

「それ、ぷるぷる震えるだけだろ」

『ぷるるんっ⁉（なぜ、バレた⁉）』

ヒトミンがぷるぷると震えて鳴き声を発した。

そのとき、二人の冒険者が近づいてくる。

「ちょっと待って……お前が例の大剣少年剣士か？」

「何そのあだ名……どちらさまですか？」

「俺達は氷雨の冒険者だ‼　最近、名前を上げて調子に乗っているガキがいるって聞いていたが、まさかこんなに幼かったとはな……」

レイトより三、四歳ほど年上と思われる獣人《ビースト》族の青年が、彼をジロジロと見ながら言った。腰に長剣を提《さ》げている。

すると、隣にいる森人《エルフ》族の男性が、彼の脇腹を肘で突っつく。彼は背中に剣を背負っていた。

「おい、やめろよ……この人はマリアさんの甥なんだぞ？　下手に怪我をさせたらどうなるか……」

彼らは遅れてやってきたことに文句を言いに来たわけではないようだ、とレイトは判断する。そして自分に用事があるのかと尋ねようとしたとき、獣人族の青年が腰の長剣に手を伸ばして笑みを浮かべる。

「俺の名前はガロだ。氷雨最強の剣士と言えば分かるか？」

「いえ、全然……」

レイトは首を横に振って答えた。その横で、ダインがゴンゾウにヒソヒソと話す。

「ゴンゾウ、お前はこいつのことを知ってる？　ちなみに僕は全然聞いたことないけど……」

「いや、俺も知らんな。氷雨最強の剣士は、ゴウライという冒険者だと聞いているが」

「ぐうっ……‼」

ガロはこめかみに青筋《あおすじ》を浮かべた。

そのとき、隣の青年が慌てて彼の前に出る。

「こいつのことは無視してくれ。君がマリアさんの親戚《しんせき》だと聞いて、一度挨拶しておきたくてね。今後、何かあったら僕達に相談してくれればマリアさんに伝えるよ」

「おい、モリモ‼　こんな奴におべっかなんか使うんじゃねえよ‼」

「お前は黙ってろ‼　き、気にしないでくれ……こいつ、マリアさんが君を気にかけていることに嫉妬《しっと》しているだけだから……」

「し、嫉妬なんかしてねえよ‼」

モリモの言葉に、ガロは頬を赤くして彼の肩を掴む。

そんな二人の背後から、何者かが駆け寄ってくる。

「ガロ‼　肩を借りるよ‼」

「うおっ⁉」

「えっ⁉」

その人物はガロの肩に足を乗せて派手に跳躍し、空中で回転してレイトの目の前に着地する。

青髪が印象的な少女であった。顔立ちは非常に整っており、長い髪の毛をサイドテールにまとめている。胸はコトミンには劣るが膨らんでいて、無駄な肉がない体型だ。年齢はレイトと同じか一歳ほど上と思われる。背中に、ドリルのような刃の槍を背負っていた。

「へえ……君がマリアさんの甥なんだ。僕の名前はミナ、よろしくねっ」

「え、あ、どうも……」

唐突に現れた少女はレイトの姿をしばらく観察し、人懐《ひとなつ》っこい笑みを浮かべて右手を差し出した。

彼も右手を差し出そうとすると、ガロが先に少女の肩を掴んで不機嫌そうに引き寄せる。

「おい、いきなり肩に乗るんじゃねえよ‼」

「わわっ……もう、まだ僕が話してる途中だよ、ガロ⁉」

「うるせえっ‼　とっとと戻るぞ‼」

ガロはミナを引っ張り、立ち去った。

モリモは疲れた表情でレイト達に頭を下げる。

「たく、勝手な奴だな……あ、それじゃあ失礼します」

そう言って彼も行ってしまった。

嵐《あらし》のようだとレイト達が呆気に取られていると、馬車の先頭から年配の冒険者の号令が聞こえた。

「それではこれより出発する‼　各自、一定の距離を保ちながらあとに続け‼」

そして無数の馬車が動き出し、腐敗竜のいる山村に向けて出発したのだった。

レイトも馬車に乗り込み、移動を開始する。ちなみに、彼の乗る馬車は最後尾《さいこうび》である。

馬車とは言うが、引っ張っているのはウルなので、狼車と言ったほうが正しい。

今回の作戦は、聖剣を所有しているレイトが成否を決める。

レイトは剣士の職業ではないが、剣術の腕はバルにも引けを取らない。そのため、聖剣は彼が持っておくことになったのだ。

狼車の左右には、護衛の馬車が走っている。中には、牙竜と氷雨に所属している冒険者がいた。

冒険者達は幌から顔を覗かせ、レイトに声をかける。

「よう‼　そこの兄ちゃんが、ゴンゾウの言っていた大剣使いか？　ギガンさんに、お前だけはなんとしても守るように言われているから、安心してくれよ‼」

「あなたのことはマリア様からうかがっています。大船に乗ったつもりでいてください」

「あ、どうも……」

その間、馬車の中ではレイトの仲間達が腐敗竜に対抗するための作戦を相談していた。

「だから～、ダインさんの影魔法で腐敗竜を捕まえて、兄貴が聖剣を使って止めを刺すのが一番じゃないですか？」

「む、無茶言うなよ‼　僕が止められるのはせいぜいゴーレムくらいの大きさなんだぞっ⁉」

「本当に無理なのか？」

　ゴンゾウが疑わしげに尋ねた。

「前にも言ったけど、巨体の相手を影魔法で拘束するのはすごく難しいんだよっ‼　というかエリナ、お前こそ森人族《エルフ》の精霊魔法でなんとかできないのかよ⁉」

「いや、あたしは生粋《きっすい》の戦闘職なので……それに精霊魔法を攻撃に利用するのはすごく難しいんですよ？」

「むうっ……周りに水さえあれば私も戦えるのに」

『ぷるぷるっ……』

　話し合いが行われている間、レイトは自分の膝に乗っているヒトミンの頭を撫でながら、一人で腐敗竜の対抗策を考える。事前にアイリスと相談して考えた作戦はあるが、成功確率が高いとは言えない。

「上手く行くといいけど……」

　レイトが独り言を言った瞬間、左右の馬車の冒険者達が怒鳴った。

「おい、止まれっ‼　前方の様子がおかしい‼」

　行列の先頭あたりで何かが壊れる轟音が響き、同時に人間の悲鳴が聞こえてくる。

レイト達はすぐにそれぞれの武器を構えて、狼車から降りて先頭に向かった。

そして彼らは、異音の正体を見た。

「ま、魔物だ‼　魔物がいきなり地面から現れやがったっ⁉」

「な、なんだこいつはぁっ⁉」

『ウオオオオオオッ‼』

冒険者達が叫び、魔物が咆哮《ほうこう》する。

それまで魔物の気配はなかったのに、どうしていきなり現れたのか。レイトは疑問を抱くが、ともかく彼らを助けなければならないと判断する。

狼車に固定されているウルを解放し、背に乗ろうとすると、彼の後ろにいたゴンゾウが声を上げた。

「なんだと⁉」

「ゴンちゃん？」

「みんな、気をつけろ‼　地面に魔法陣が……‼」

言い終える前に、狼車の後方の地面に描かれていた魔法陣から、赤色の皮膚《ひふ》をした巨人が出現した。

「お、オーガだぁあああああっ⁉」

ダインが叫び声を上げた。

体長は三メートルを超える巨体。全身は異様なまでに発達した筋肉に覆《おお》われ、その顔面は凄《すさ》まじく恐ろしい形相《ぎょうそう》をしている。側頭部からは刃物のように研《と》ぎ澄《す》まされた角《つの》が二本生《は》えていた。

冒険者達は突然現れたオーガに激しく動揺した。

オーガは彼らに容赦なく襲いかかる。オーガは非常に高い戦闘力を有し、次々と実力の低い人間が犠牲《ぎせい》になった。

「ぎゃああっ⁉」

「ひぃっ⁉」

「た、助けてっ……‼」

「馬鹿野郎っ‼　戦えないなら前に出るなっ‼」

あちこちで冒険者の悲鳴と怒声《どせい》が入り混じっている。

しかし、レイト達は彼らを助ける余裕もなく、オーガと向き合う。

相手はゆっくりと首を動かして周囲を見渡し、そしてゴンゾウに気づくと笑みを浮かべて両手を彼に伸ばした。

『ウガァッ‼』

「ぬうっ⁉」

ゴンゾウは咄嗟に相手が伸ばした腕を掴み、力比べするように掌を握りしめる。

ゴンゾウはレイト達の中では最も腕力が優れているが、苦しげな表情を浮かべている。

『ガァアアアッ‼』

「ぐううっ⁉」

ゴンゾウの手の甲《こう》にオーガの爪が食い込み、彼は苦悶の声を上げた。

「う、嘘だろ⁉　ゴンゾウが力負けしてる⁉」

その光景を見て、ダインが驚愕する。

「このっ‼　くたばれっす‼」

「待てっ‼　ここは我らに任せろっ‼」

エリナが弓を構えようとしたとき、護衛役の冒険者達が動き出した。

彼らはオーガに接近し、まずは剣と斧を構えた者がオーガの背中に斬りつける。

「このっ‼」

「喰らえっ‼」

その攻撃はオーガの背中に命中するが、直後に金属音が響いて二人の武器が跳ね返された。

金属製の武器を跳ね返すほど皮膚が硬いのかと、冒険者達は冷や汗を流す。

「な、なんだこいつ⁉　いくらなんでも硬すぎる‼　普通のオーガじゃないのかっ⁉」

「どけっ‼　魔法で吹き飛ばしてやる‼」

魔術師らしき青年が前に出て、杖を構えた。

「ちょ、まだゴンさんがっ⁉」

エリナが慌てて制止したとき、ダインが先に影魔法を発動する。

「『シャドウ・スリップ』‼」

ダインが地面に突き刺した杖から影が伸び、鞭《むち》のようにしなってオーガの足を払った。

『ウガァッ⁉』

「ぬんっ‼」

オーガは体勢を崩し、ゴンゾウはその隙をついて顔面に頭突《ずつ》きをし、両手を放した。

相手が後方に倒れ込み、魔術師の青年が追撃を仕掛けるべく魔法を発動する。

「『フレイムアロー』‼」

杖先から光線のような火属性の砲撃魔法が放たれ、オーガの肉体に衝突した瞬間に爆発した。

オーガが黒煙《こくえん》に包まれ、周りから歓声が上がるが、黒煙の中から怒りの咆哮が響いた。

『ガァアアアアッ‼』

「うわぁっ⁉　き、効いてない⁉」

すると、魔物に詳しいダインが、魔術師の青年を怒鳴りつける。

「馬鹿っ‼　赤色のオーガは火属性に強い耐性を持ってるんだぞ⁉」

「そ、そんなことを言われても……」

オーガは怒りの表情を浮かべながら起き上がり、自分を転ばせたダインに襲いかかる。

『ガアアッ‼』

「うわああっ⁉　た、助けてぇっ⁉」

「何やってんすか‼」

「スラミン、『水鉄砲』‼」

『ぷるるっ‼』

ダインを助けるべく、エリナは矢を放ち、コトミンはスラミンを構えて大量の水を放出させた。

顔面に二人の攻撃を受けてオーガが怯み、その隙にダインは急いで相手から離れた。

続いて、森人族《エルフ》の女性冒険者がレイピアを構えてオーガに飛びつく。

「『刺突《しとつ》』‼」

『グガァッ……⁉』

女性冒険者は右目を狙って突きを繰り出したが、オーガは右の掌でレイピアを受け止め振り払う。

彼女は舌打ちしながら地面に着地したが、先ほどの放水で地面にできた水溜《た》まりに足を滑《すべ》らせてしまう。

「きゃあっ⁉」

「あ、アルカナッ⁉」

「くそ、助けるんだっ‼」

『ウオオオッ‼』

オーガがアルカナと呼ばれた女性冒険者に近づき、拳を振り上げた。

そのとき、ゴンゾウがオーガの背中に飛び掛かる。

「逃げろっ‼」

『ウオッ……⁉』

「す、すみませんっ‼」

アルカナが慌てて起き上がり、逃げ出した。

それを確認したゴンゾウは、背後からオーガの胴体に腕を回し、その巨体を持ち上げて頭から後方に叩きつける。

「ぬおおおおっ‼」

「ウガァアアッ⁉」

オーガは頑丈《がんじょう》な身体を持つが、今の攻撃は効いたようだ。脳震盪《のうしんとう》を起こしたのか、地面に倒れる。

ゴンゾウは自前の棍棒を取り出し、頭部に振り下ろした。

「『兜割り』‼」

『グァッ……⁉』

「やったか⁉」

だが、オーガの頭はまだ破壊されていなかった。

そのとき、彼の頭上でレイトの声がする。

「ゴンちゃん、そのまま‼」

「レイト⁉」

「――『兜砕き』っ‼」

彼はいつの間にか上空に移動しており、両手で持っていた退魔刀を勢い良くゴンゾウの棍棒を目掛けて振り下ろした。

顔面に棍棒を押し当てられ、動けなかったオーガに退魔刀の衝撃が伝わった。

今度こそオーガの頭部が圧《お》し潰され、動かなくなった。その光景に何人かは顔を逸らす。

地面に着地したレイトは、ゴンゾウに握り拳を向ける。

「動きを止めてくれてありがとう」

「ふっ……」

ゴンゾウは苦笑しながらも自分の拳を差し出し、二人は拳を合わせた。

だが、事態はまだ終息《しゅうそく》したわけではない。

「ぎゃああっ⁉」

「くそったれ‼」

「このっ……冒険者を舐めんじゃねえっ‼」

『ガァアアアアッ‼』

他の場所でも、冒険者の集団と数体のオーガが激戦を繰り広げていた。腐敗竜を倒すために集められた精鋭《せいえい》部隊は善戦しているが、オーガに次々と馬車を破壊されており、このままでは作戦が崩壊してしまう。

その光景を見たレイトは退魔刀を握りしめ、こんなときにもかかわらず自分が興奮していることに気づいた。彼の瞳は、徐々に赤くなっている。

その頃、氷雨に所属する冒険者のガロ、モリモ、ミナもオーガとレイト達と離れたところで戦闘していた。

『ガアアアッ‼』

「くそったれ‼　てめえらに構っている暇《ひま》はないんだよ‼」

「おい‼　前に出すぎだぞガロ‼」

「もうっ‼　相変わらず自分勝手なんだから‼」

ガロが長剣でオーガに斬りつけるが、刃が弾《はじ》かれ、舌打ちしながら後退する。

続いて、ミナは「螺旋槍《らせんそう》」と呼ばれる槍を構え、オーガに戦技を放つ。

「『乱れ突き』‼」

『グガァッ⁉』

「しゃあっ‼」

ミナはオーガに何度も槍を突き出し、オーガの腹部に切っ先が次々と食い込む。その光景にガロが歓声を上げた。

螺旋槍は、ミスリルよりも希少かつ硬いオリハルコンと呼ばれる魔法金属で作られている。そのため、硬いオーガの皮膚を突き刺すことができたのだ。

だが、ミナは槍の感触に冷や汗を流した。

「駄目っ……僕の力だとこいつは倒せないっ‼　皮膚は貫けたけど筋肉に阻《はば》まれて骨には届かない……‼」

「なんだと⁉」

「くっ……まさかこれほどまでとは……‼」

モリモは長剣を鞘に戻し、背中に担いでいた杖を取り出して砲撃魔法の準備をする。森人族《エルフ》の彼は精霊魔法も使えるが、威力が大きすぎるため、オーガのそばにいるガロ達も巻き込みかねない。

モリモは二人に当たらないように気をつけて、オーガに風属性の初級魔法を放つ。

「『風圧』‼」

『ウガァッ⁉』

渦巻き状の魔弾がオーガの肉体に衝突する。

この魔法は大木を抉《えぐ》る威力があるのだが、オーガは力ずくで魔弾を握り潰した。

『ググァッ‼』

「馬鹿なっ⁉」

「きゃあっ⁉」

「うおっ⁉」

魔法を打ち破ったオーガにモリモは驚愕の声を上げ、その一方でガロとミナそしてその周囲にいた人間は魔弾が破裂《はれつ》したことで生じた突風に吹き飛ばされ、体勢を崩してしまう。

『ウオオオッ‼』

「ま、まずい⁉」

オーガは、自分の肉体に傷を付けたミナに近づこうとしている。

モリモが慌てて次の砲撃魔法を発動しようとしたとき、彼の後方から一気にオーガの背後に跳躍する者がいた。

「『兜砕き』‼」

『ウガァッ⁉』

「えっ⁉」

その人物がオーガの背中に大剣を振り下ろすと、血飛沫が派手に上がる。頑丈なオーガの肉体を傷つけたことに全員が驚いた。

オーガを斬ったのは、レイトだった。彼はゴンゾウ達と協力してオーガを倒したあと、救援《きゅうえん》に駆けつけたのである。

レイトは退魔刀を振り上げ、続けてオーガの左足に攻撃を加える。

「『旋風撃』‼」

『ギャアアッ⁉』

切断には至らなかったが、オーガの左足は異様な方向に折れ曲がった。それを確認したレイトは「重力剣」を発動させ、刃に紅色の魔力をまとわせオーガの首を叩き斬る。

「『回転撃』‼」

『グガァッ……⁉』

「うわぁっ⁉」

ミナの目の前でオーガの頭部が飛んでいく。

レイトは血飛沫を浴《あ》びながら、彼女を見る。紅色の光を宿した瞳にミナは圧倒され、他の人間もオーガを圧倒的な力で打ち倒したレイトに唖然《あぜん》とした。

しかし彼は用事を終えたとばかりに、遠くを見る。

「次は……あそこか」

「あ、あの……」

「ごめん、あとにして」

ミナはレイトに声をかけようとするが、彼はそう言って「縮地」を発動し、一瞬で次のオーガのもとに向かった。

「ちょっと通して」

「うわっ⁉」

「な、なんだ⁉」

瞬間移動のように人混みを抜けるレイト。

しかし彼は途中で足を止め、目標としていたオーガの様子がおかしいことに気づく。

『ガアアッ……‼』

そのオーガには無数の刀傷《かたなきず》があり、怯えたように身を縮こまらせていたのだ。

「下らん」

そう言ってオーガの前に立っているのは、レイトの知る人物、シノビ・カゲマルだった。

彼の手には血塗《ちまみ》れの短刀が逆手《さかて》で握られていた。

「終わりだ」

『ウガァッ……⁉』

「遅い」

カゲマルはオーガの背後に一瞬で移動し、短刀を首筋に当てて斬り裂く。今の動きは「縮地」を使用したに違いない、とレイトは判断した。

首の血管を斬られたオーガは血を噴き出して前のめりに倒れた。

レイトはカゲマルの異質な強さに圧倒されながら、彼に近づく。

「カゲマルさん……」

「『さん』は不要だ……です。あなたは我が主の甥、ならば俺に気を遣う必要はない……です」

「あ、敬語が苦手《にがて》なら無理に使わなくていいですよ？」

「……助かる。では俺は失礼する」

カゲマルは彼に一礼し、即座に走り出した。彼は他のオーガに襲われている氷雨の冒険者の救援に向かったのだ。

レイトはその場で、他の冒険者の様子をうかがう。

「『サンダーボルト』!!」

『アガァアアアッ!?』

「はっ!!　口内から焼きつくしてやる!!」

とある冒険者は、口を開けたオーガに雷属性の砲撃魔法を放ち、体内からダメージを与えて倒していた。

また、別の者は二人がかりでオーガに肉弾戦を挑んでいる。

「『回し受け』」

『ウガァッ⁉』

「『発徑』‼」

片方は防御に専念《せんねん》し、もう片方は攻撃に集中する。オーガは二人のコンビネーションにより倒された。

最初は奇襲《きしゅう》によって混乱していた冒険者達も本来の力を発揮し、段々オーガ達を圧倒する。

そのとき、レイトの後方から聞き慣れた声がする。

「『シャドウ・バインド』‼　よし、動きは止めたぞ‼」

『ウガァッ……⁉』

「さすがっす‼　それならあたしも本気を出しますよ‼」

「私も手伝う」

レイトが振り返ると、ダイン、エリナ、コトミンが新たなオーガと交戦していた。

エリナは影魔法で拘束されたオーガにボーガンを構え、コトミンはスラミンとヒトミンを両手で構える。

「必殺‼　『嵐弾』‼」

ボーガンから超高速の矢が放たれ、オーガの眉間《みけん》に当たって頭蓋骨《ずがいこつ》を貫通した。

「『水圧砲』」

続けてコトミンがスラミン達に水を放出させた。

青く光る大量の水が、レーザーのようにオーガの心臓を撃ち抜く。

『ガハァッ……⁉』

「す、すごい……でも、最初から使えよっ⁉」

「む、無茶を言わないでくださいよ……この魔法、とんでもなく疲れるんですからっ⁉」

「我が人生に一片のスライムなし……」

『ぷるぷるっ……』

「いや、めっちゃ頭にスライムが貼りついているんですけど⁉」

強力な攻撃魔法を使用したエリナとコトミンは、疲労で地面に倒れた。

彼らは放っておいていい、と判断し、レイトは残ったオーガを確認する。

すると、最後の一体が悲鳴を上げているところだった。

『ウガァアアアァッ……⁉』

「よし‼　捕まえたぞっ‼」

「力比べなら負けねえぞ、くそがっ‼」

複数の巨人族《ジャイアント》の男性がオーガの四肢《しし》に鎖を巻きつけ、押さえつける。

オーガは必死に抜け出そうとするが、力負けして身動きできない。

「よくやったわねデカブツ‼　あとは私達の番よ‼」

「誰がデカブツだ、チビ共っ‼」

今度は森人族《エルフ》の女性魔術師の集団が、杖を構えて魔法で止めを刺そうとする。

誰もが戦闘終了を確信したとき、レイトはそのオーガに「縮地」で近づいた。

「ちょっとごめん」

「えっ⁉　ちょっ……」

「おい、何やってんだ坊主⁉　あぶねえぞっ‼」

「いや、あいつはたしか……例の剣士じゃねえか？」

彼は退魔刀を背中に戻し、オーガを見下《みお》ろす。そして右腕を握りしめ、「身体強化」と「魔力強化」の補助魔法を発動して限界まで身体能力を高めた。

「そいつの拘束を解除してください」

「ば、馬鹿を言うな⁉　殺されるぞっ⁉」

「……感電したくなかったら、早めに手放したほうが良いよ」

「はあっ⁉」

レイトの発言に巨人族《ジャイアント》の男性達は驚きの声を上げるが、彼の迫力《はくりょく》に圧倒され、気づくと全員が鎖を手放していた。

『ガアアッ……!?』

立ち上がったオーガを見すえ、レイトは右腕に風と雷の魔力を螺旋状にまとわせる。さらにレイトは「魔力強化」を重ね掛けし、魔力を極限まで練《ね》り上げた。

「――『撃雷』」

『ウガァッ……!?』

次の瞬間、レイトはオーガの腹部に拳をめり込ませた。

オーガの肉体に衝撃が走り、さらに全身に高圧電流が流れ込む。胸元が陥没したオーガは口から血の泡《あわ》を噴き出しながら仰向《あおむ》けに倒れた。

レイトは拳を握りしめて頷く。

「ふうっ……いてて、ちょっと拳を痛めたかな」

「な、なんだ今の……」

「嘘っ……もしかして『魔法拳《まほうけん》』!?」

「そんな馬鹿なっ……それって格闘家と魔術師の職業を極めないと覚えられない戦技だろ!?」

「あ、あいつは剣士じゃなかったのか？」

彼の最後の攻撃に冒険者達は騒然《そうぜん》とするが、本人は、やはり自分は剣のほうが性に合っていると改めて思った。

オーガとの戦闘から一時間が経過した。討伐部隊は現在、怪我人の治療と破損《はそん》された馬車の後始末をしている。

オーガが突如として現れた原因は、転移魔法陣と呼ばれるものが設置されていたことだった。討伐部隊は事前に、腐敗竜の復活には旧帝国《エンパイア》が関わっていると知らされている。おそらく転移魔法陣は旧帝国《エンパイア》が仕掛けたのだろうというのが、彼らの結論だった。

オーガの襲撃によって相当な被害が出たが、奇跡《きせき》的に死者は出なかった。ただし、馬車は全体の三割近くも破壊されてしまい、移動手段が削《そ》がれたことで作戦の継続《けいぞく》が困難になった。

どうしようかと話し合っていたとき、レイトは自分なら錬金術師の能力で馬車を修復《しゅうふく》できると告げる。

彼は破壊された馬車の前に立ち、「形状高速変化」と「修正」と「接合」のスキルを上手く活用して修復していった。

「はんどぱわぁっ‼」

『おお～‼』

「……さりげなく、私のセリフがパクられた」

現在のレイトはどんな物体であろうと即座に形状を変化させられる。

彼はあらゆる金属と木材を一瞬で作り直し、全ての馬車を修理した。

「まあっ、こんなところかな」

「す、すごい‼　錬金術師はこんなことまでできるのか？」

「信じられない……完全に元通りになってる」

「これのどこが不遇職だよ……」

破壊された馬車を全て修復させたレイトに、冒険者達が驚きの声を上げた。

そのとき、転移魔法陣を調べていたエリナ達が戻ってくる。

「兄貴～‼　やっぱり、この魔法陣は森人族《エルフ》の作ったものじゃないっす‼　多分、人間が作った魔法陣だと思われます‼」

「移動中にいきなり現れたように見えたし……もしかしたら『遅延魔法《ちえん》』が使われたのかもな」

「遅延魔法？」

ダインの言葉にレイトが首を傾げると、彼は詳しく説明する。

「時間差で発動させる魔法のことだよ。だけど、冒険者達が通り過ぎる時間帯を狙って発動させるのは難しい……やっぱり、遅延魔法じゃなくて、遠隔操作《えんかく》で発動したのかもしれない。そう考えると『遠隔操作』の技術スキルを持っている奴が近くにいたのかな……？」

ダインの言葉に他の冒険者達が顔を曇《くも》らせる。彼の予測通りならば、非常に厄介な魔術師が敵の中にいることになり、今後の移動も油断はできない。しかもオーガのような厄介な魔物を幾度も差し向けられたら、最悪腐敗竜と戦う前に全滅する危険もある。

冒険者達は今後の方針について話し合う。

「どうする？　部隊を分けて、別々のルートで向かう？」

「いや、迂闊《うかつ》に戦力を分散するのは危険だ。それに予定よりもずいぶんと遅れている……夜営することを考えても、別行動は危険すぎる」

「それを言うなら、これから先にどれほどの罠《わな》が存在するのか分からずに移動することも危険だ」

「そもそも先に飛ばしていた偵察《ていさつ》部隊は何を見ていたんだ‼　あいつらはどうして事前にこんな罠が仕掛けられていることに気づかなかった⁉」

別々のギルドから集められた冒険者達は息が合わず、口論が始まる。

「だから‼　ここは別々に分かれて向かうしかないだろっ‼　たどり着いた部隊から腐敗竜に戦闘を挑めばいいんだよ‼」

「俺達は競争をしているわけじゃないんだぞっ⁉　伝説の竜を相手にするのにバラバラになってどうする‼」

「はっ‼　怖気《おじけ》づいたのなら付いてくるんじゃねえよっ‼」

「なんだと⁉」

「やめろ……仲間割れを起こしてどうする？」

カゲマルが仲裁《ちゅうさい》しようとしたが、別の冒険者が苛立ったように言った。

「うるせえっ‼　マリア様に気に入られているからって調子に乗るんじゃねえっ‼　お前ら暗殺者は偵察くらいにしか役に立たねえ癖によぉっ‼」

するとカゲマルと同じ暗殺者の女性が食ってかかる。

「ちょっと‼　今のは聞き捨てならないわよ⁉　あんた、私達をそんな風に思っていたのっ⁉」

「あ、いや……今のは言葉のあやで……」

「やめろっ‼　こんな時に仲間割れを起こすなっ‼」

冒険者達の言い争いが激しさを増し、徐々に雰囲気が険悪《けんあく》になってきた。

彼らが話し合っている間に、レイトはアイリスと交信する。

『アイリス』

『おっ、最近はちゃんと名前を呼ぶようになりましたね』

『あ、しまった。今のやり直させて……アイビー‼』

『私は植物ですか‼　ったくもうっ……少しは元気になったようですね』

アイリスはレイトが自分の名前をからかうくらいには元気を取り戻したことに安心した。

『これからどうすればいいのか悩んでいるんですね？　ですが、思い悩む必要はありませんよ』

『どういうこと？』

『色々と話し合っているようですけど、全てが覆《くつがえ》る事態を迎えようとしています。空を見てください、一雨降りそうな雰囲気でしょう？』

『言われてみれば……』

アイリスの言葉にレイトが空を見上げると、遠くのほうに黒雲が立ち込めていた。

だが、それがどうしたのかと問い質そうとしたとき、すぐに彼は腐敗竜の「日光に弱い」という特徴《とくちょう》を思い出す。

『まさか……!?』

『そういうことです。雲で太陽が隠れたら、腐敗竜は日中でも行動できます。そしてすでに腐敗竜は、都市に向けて動き出しています』

『……最悪だな』

レイトはそう呟き、アイリスに対抗策を尋ねる。

『どうすればいい？　ここで迎え撃つか？』

『それはいくらなんでも無謀《むぼう》ですよ。ここは一度引き返すべきです』

『やっぱり、今の状態だと勝ち目は薄い？』

『相手側は腐敗竜だけでなく、数百のアンデッドも連れています。レイトさんのおかげで、都市に潜入していた旧帝国《エンパイア》の協力者は全員始末されましたからね。だから相手は戦力増強《ぞうきょう》のために、アンデッドを兵隊代わりに作り出しています』

『数百のアンデッド……それに腐敗竜か』

『正直に言えば、草原で遭遇《そうぐう》したら勝ち目なんかありません。だからここは都市で迎え撃ち、アンデッドと腐敗竜を撃退しましょう。少なくとも一帯の雲は夕方まで晴れませんから、それまで時間を稼《かせ》いでください』

『分かった……だけど、どうやって他の人間を説得すればいい？』

『そこが問題なんですよね……この状況でレイトさんが引き返そうと提案したら怪しまれます。下手をしたら敵のスパイだと勘違いされるかもしれません』

そのときレイトは、先ほどの冒険者達の話し合いで出た「偵察」という言葉を思い出す。

『よし』

『何か思いつきました？』

『まあね……一応、腐敗竜の位置を教えて』

『はいはい』

アイリスから腐敗竜とアンデッドの位置を聞き出し、彼女との交信を終える。

そしてレイトは、口論をしている冒険者達に話しかけた。

「俺が偵察に行く」

『……⁉』

いきなり何を、と冒険者集団が驚く。

真っ先に反応したのは、カゲマルだった。

「本気か？」

「本気です。このまま話し合っていても埒《らち》が明かないし、それなら俺が偵察に向かいます」

「おいおい、偵察は暗殺者の仕事だぞ？　ただの剣士が……いや、あんた魔術師だっけ？　まあ、どっちにしろ偵察なんてできるのかよ？」

冒険者の一人が聞くと、氷雨所属の冒険者があとに続く。

「そうだぞっ‼　少しばかりマリアさんに気に入られているからって調子に乗るなよっ⁉」

「馬鹿っ‼　この人はマリアさんの甥だぞっ⁉」

「えっ……だ、だからどうしたってんだよ‼」

慌てて他の冒険者が止めたが、彼は一瞬動揺し、開き直る。

レイトはカゲマルに協力を求めた。

「カゲマルも一緒に来てくれますか？　腐敗竜の棲《す》み処《か》を何度か偵察しているって聞いたから、道案内を頼みたいんですけど……」

「ああ、いいだろう」

「レイト、ヒトミンも連れていって」

『ぷるぷるっ……』

コトミンがレイトの頭にヒトミンを乗せた。

「おっとと……ウルも当然行くよな」

「ウォンッ‼」

いつの間にかそばに来ていたウルに声をかけると、元気に鳴いて応えた。

レイトはウルの背に乗り、周りを見る。先ほど文句を言っていた冒険者は巨大な白狼種を見て、それ以上何も言わなかった。

「多分、ウルの足なら一時間くらいで戻ってこられると思う。それまで他のみんなはここで待機していてほしい」

「わ、分かった……その、気をつけろよ」

冒険者の一人がそう口にすると、カゲマルが彼に言う。

「無用な心配だ。甥殿《どの》は俺が守る」

「ウォンッ‼」

すると、ウルがレイトを守るのは自分だとばかりにカゲマルに吠《ほ》えた。彼はウルと向き合い、火花を散らす。

もっともレイトは、草原を移動する腐敗竜とアンデッドの姿をカゲマルに目撃させて引き返し、彼の口から知らせてもらうつもりなので、危険なことをする予定はない。

レイトは自分の背後を指さしながらカゲマルに言う。

「じゃあ、後ろに乗ってください。移動するときは俺の肩か腰を掴んでくださいね」

「笑止《しょうし》、俺はそのような獣には頼らん」

「グルルルッ……‼」

「落ち着けウル」

「クゥ～ンッ」

唸《うな》り声を上げるウルの頭を撫で、宥《なだ》めるレイト。

その後、どうやって移動するのかを尋ねると、カゲマルは自分の足を叩いた。

「俺にはこの足がある」

「足？」

「忍者の実力、見せてやろう」

そう言って、カゲマルはクラウチングスタートの構えを取った。

「ぬんっ‼」

レイトが呆気に取られていると、カゲマルは目をカッと見開いて勢い良く飛び出す。

「うわっ⁉」

「ウォンッ⁉」

次の瞬間、カゲマルは十五メートルほど離れた場所にまで跳躍し、着地の瞬間に右足を踏み出してさらに十五メートル先に跳ぶ。レイトが使用する「跳躍」のスキルよりも飛距離も移動速度も上だ。

レイトは慌ててウルを走らせる。

「まずい……追いかけろウル‼」

「ウォオオンッ‼」

ウルがカゲマルを追いかける。

白狼種は狼型の魔獣の中では最も足の速い種族だが、それでもカゲマルには追いつけない。それどころか、彼の後ろ姿を見失わないようにするので精一杯《せいいっぱい》だった。

一度だけカゲマルが立ち止まり、レイト達を振り返る。

「ふっ……」

「ウォンッ……‼」

彼が勝ち誇《ほこ》ったように笑みを浮かべると、ウルは挑発されたと思ったようで、怒りの咆哮を上げて追いかけた。

「ちょっ……速すぎるぞウル⁉」

『ぷるるるるっ……⁉』

「ああっ⁉　風圧でヒトミンがすごい形になってる⁉」

慌ててレイトは、飛ばされないようにヒトミンを掴んだ。

「その程度か狼よ‼」

「ガアアッ‼」

「挑発するな馬鹿ぁっ‼」

こうしてレイトとヒトミンは、ウルとカゲマルの速度比べに巻き込まれてしまった——

——出発から数十分後、偶然にも川を発見したレイトは、休憩《きゅうけい》しようとウルとカゲマルを止まらせた。

彼が川の中にヒトミンを放り込むと、嬉しそうに水とたわむれながら鳴き声を上げる。

『ぷるるんっ♪　ぷるぷるっ♪』

「気持ち良さそうだな……俺も水浴びしようかな。いや、そんな時間はないか」

のんびりする彼の横には、息も絶え絶えにへたり込むカゲマルとウルの姿がある。

「ぜえっ……ぜえっ……す、すまないが水を……くれっ」

「クゥ〜ンッ……」

どちらも速度比べで体力を消耗しており、特に三十分以上も全力疾走を続けたカゲマルの疲労は凄まじかった。今、彼は口元を覆《おお》っていた布を取り、ぐったりと寝そべっている。

一方でウルは自力で川に近づいて水を飲めていたので、持久力《じきゅうりょく》と体力の点ではカゲマルを上回《うわまわ》っていたらしい。

レイトはたっぷりと水を吸収したヒトミンを持ち上げ、カゲマルの頭の上に持っていった。

「まったく、なんで狼と競争するんですか。ほら、水‼」

『ぷるぷるっ……』

「ちょ、ちょっと待て⁉　それはスライムでは……ぶはぁっ⁉」

レイトがヒトミンの身体を左右から押し込むと、大量の水がカゲマルの口に注がれる。

「ほら、身体を見せてください。回復魔法もかけてあげますから」

「くっ……俺としたことが、他の人間の世話になるとは……‼」

「そういうのはいいので早くしてください。素肌に直《じか》に触《ふ》れないと、魔法が上手くいかないんですよ」

「すまない……それと前にも言ったが、俺に敬語は必要ない」

レイトはその言葉を無視して、「回復強化」の補助魔法をカゲマルの肉体に施した。この魔法は肉体の大きな破損は治せないが、筋肉痛程度ならば十分に回復できる。

立ち上がれるようになったカゲマルは、懐から回復薬を取り出して飲む。

「助かった、礼を言う」

「これに懲《こ》りたらウルと張り合わないでください」

「分かった……お前、なかなかの走りだったな」

「ウォンッ‼」

「なんか友情が芽生《めば》えてる……」

『ぷるるっ……』

カゲマルとウルは互いに認め合ったように頷き、拳と前脚を合わせた。

次の瞬間、彼らは一斉に警戒《けいかい》の姿勢を取る。

「この……気配は」

「……馬鹿なっ」

「グルルルッ……‼」

『ぷるぷるっ……』

レイトは「心眼」、カゲマルは忍者の「直観《ちょっかん》」、ウルは嗅覚《きゅうかく》、そしてヒトミンは感知能力で不穏《ふおん》な気配を感じ取った。

彼らは気配の正体を探るべく、即座に川の反対側にある見晴らしの良さそうな丘に上る。

すると、彼らの想像を超える光景が広がっていた。

「……最悪だな」

「なんだっ……これは……‼」

彼らが見たのは、草原を進行する無数の魔物のアンデッドだった。ゴブリンやオーク、さらにゴボルトやトロールといった人型の魔物がほとんどだったが、中にはレイトが見たことのない魔物も多数いる。また、異様な腐敗臭が草原からここまで漂ってきた。

あまりにも不気味な光景に、彼らは冷や汗を流す。

「ありえんっ……どういうことだ。以前調査したときは、これほどの数はいなかったぞ」

カゲマルは動揺していた。彼が調査から戻ったのは一昨日のことであり、この二日間で腐敗竜を支配した死霊使い《ネクロマンサー》のキラウは、旧帝国《エンパイア》から受け取った強力な魔道具を利用して大量のアンデッドも支配下に置いたのだった。

「……数百体、いや……下手をしたらもっといるのかもしれない」

「……腐敗竜はどこだ？　なぜ、奴の姿が見えん」

「見当たらないですね……報告通りの体長の生物なら見落とすはずがないのに」

レイトは「遠視」と「観察眼」のスキルを発動してアンデッドの群れを調べるが、腐敗竜らしき存在は確認できなかった。

疑問は残るが、ここにいても事態は好転しない。

レイトは当初の目的は果たしたと判断し、カゲマルに撤退《てったい》を提案する。

「ここは引き返しましょう‼　俺達だけではどうしようもありません‼」

「しかし……」

「ここに残っても仕方ないでしょっ⁉」

するとと、カゲマルは悔しげな表情ながらもレイトの判断に従う。

「……そうだな、一度退いて態勢を整える。すまない……取り乱した」

「それなら戻りましょう‼　ウル‼」

「ウォンッ‼」

ウルがうつ伏せになると、レイトは即座にヒトミンを抱えて乗った。まだ体力が完全に回復していないカゲマルも、少しだけ躊躇したがその背に乗る。

「すまない……」

「いいから掴まってください‼　ウル、全速力でみんなのところに戻れっ‼」

「ウォオオンッ‼」

「……『身体強化』‼」

レイトは「身体強化」の魔法を発動し、ウルの肉体を強化した。

魔法の力で身体能力が上がったウルは、先ほどとは比べ物にならないスピードで走り出す。

「ウォオンッ‼」

「くっ……なんだ、この速度は⁉　さっきは本気を出していなかったというのか……‼」

「こんなときに嫉妬するなっ‼」

『ぷるぷるっ……』

そのとき、レイト達は背後に異様な気配を感じた。

「っ……⁉」

「この邪気《じゃき》は……いかんっ‼」

「ウォンッ……⁉」

「ぷるぷるっ……⁉」

振り返ると、空から黒い影が接近するのが見えた。

――オァアアアアアアッ……‼

咆哮とともに黒い影が段々大きくなり、徐々に姿が明らかになる。

それは、空を飛ぶ腐敗竜だった。幸い、こちらにはまだ気づいていないようである。

レイトはスキルによって、その生物の頭部に人間が乗っていることを確認した。

レイトはウルに命令を与える。

「急げっ‼　走るんだっ‼」

「ウォンッ……‼」

レイトの合図に応え、ウルはさらに速度を上げる――

4

レイト達が腐敗竜を発見した数十分後。急速に広がる黒雲は、冒険都市でも確認された。討伐部隊の第二陣として出発するはずだったバルとギガンは、防壁《ぼうへき》からその様子を確認し、自分達の作戦は失敗すると悟る。アンデッドが黒雲に乗じて冒険都市に向かっていると確信したのである。

「おいおい……なんだってんだい!!　どうして今日に限ってこんなことになるんだよ!!」

「ここで嘆《なげ》いてもしょうがないだろう。文字通り、天に見放されたか」

「まさかあの雲も魔法の力じゃないだろうね!?」

都市の防壁の上でバルとギガンが話していると、マリアも姿を現した。

「馬鹿を言わないで頂戴《ちょうだい》。天候を操作できる魔術師がいたら、それはもう人じゃないわ」

続いて、アルトもやってくる。彼は都市の防衛のために兵士達を指揮《しき》していたが、急速に空を覆《おお》う黒雲を見て嫌な予感がし、彼らに尋ねようと合流したのだ。

「……御三方にお聞きしたいことがあります。例の作戦では日中に腐敗竜を強襲《きょうしゅう》するとうかがっていましたが、報告では腐敗竜は日光を遮る場所ならば活動できると聞いております。ということはあの黒雲が都市の上まで来たら、腐敗竜もここにやってこられるのでは？」

「分かりきったことを聞くんじゃないよ……そのときは、ここで奴を迎え撃たなければならなくなるね」

「そんな無茶なっ⁉」

「だが、戦わなければ全員が殺されるぞ？」

「うっ……」

ギガンの言葉に、アルトは黙り込んでしまった。

その一方で三人のギルドマスターは、先に送り出した討伐部隊の安否《あんぴ》を心配する。当初の作戦では、山村の手前の草原で夜営し、腐敗竜の出方をうかがう予定だった。もしも相手側が討伐部隊の存在に気づいたら、第一陣として送り込んだ者達が囮役《おとり》となり、第二陣が応援に駆けつけて挟み撃ちにする手はずだった。しかし、唐突に立ち込めた黒雲によって腐敗竜が動けるようになり、全ての計画が狂ってしまう。

そのとき、防壁の上から都市の外を監視《かんし》していた一人の兵士が声を上げる。

「あっ……見てくださいアルト様‼　先に出発した部隊が引き返してきます‼」

「何っ⁉」

兵士の言葉通り、草原から都市に向けて、馬車の一団が全速力で駆けてきた。

その光景を見て、バルは安堵する。

「どうやら勘《かん》の良い奴が気づいて引き返してきたようだね」

「でも、おかしいわね……どうしてこんなに早く引き返してこられたのかしら？　空の異変に気づいたとしても、戻ってくるのが早すぎる気がするけど……」

「それは本人達に聞けばいいだろう。だが、どうする？　この都市で腐敗竜を迎え撃つとして勝算はあるのか？」

「都市内部に侵入されたら厄介ね。結界石を発動して防護壁《ぼうごへき》を構築するとしても、長時間凌げるとは思えないわ」

するると、アルトが三人に意見を述べる。

「それならば民衆だけでも都市の外に逃がすべきでは……」

「どこに避難させるというの？　迂闊に移動させるのは危険だわ。あなたはもう少し考えてから発言しなさい」

「うっ……」

マリアの冷たい視線を受け、アルトは再び黙り込んだ。

彼女は控《ひか》えている兵士に指示を与える。

「あなた達は住民に避難勧告を行いなさい‼　行き先は都市の中心部よ‼」

「えっ⁉　し、しかし……」

困惑する兵士に、アルトが命令する。

「くっ……マリア殿の言う通りだっ‼　全住民を中心部へ移動させるぞ‼」

アルトは兵士を引き連れて民衆の避難活動に向かった。

素直に指示を聞き入れた彼に感心しつつ、マリアは自分の甥についてバルに聞く。

「バル、そういえばあなたは部隊が出発する前にレイトと話していたそうね」

「あん？　まあ、少しだけね……別にあんたが気にするようなことは話していないよ」

「どうかしらね……そういえばあなた、ここでゆっくりしていても大丈夫なの？」

「は？　どういう意味だい？」

「あのお姫様が外の様子に気づいたら、大人しくしていると思う？　アルトは都市中に避難勧告をするつもりよ。当然あなたのギルドにも立ち寄って、中にいる人間達に逃げるように言うでしょうね」

「あっ……⁉」

マリアの言葉に、バルは慌てて走り出した。

彼女の後ろ姿を見ながら、マリアはため息を吐いた。

◆　◆　◆

ウルのおかげで無事に部隊と合流したレイトとカゲマルは、アンデッドの群れが押し寄せていることを伝え、撤退しようと告げる。最初は渋っていた他の冒険者達も、黒雲が都市にまで広がりつつある光景を確認し、作戦を中断して急いで戻った。オーガの襲撃を受けたことでまだ都市からそれほど離れていなかったので、すぐに帰還することができた。

レイト達が都市に到着すると緊急《きんきゅう》の作戦会議が開かれ、都市の防壁にある各門を冒険者と兵士達がそれぞれ防衛することになった。

レイトとその仲間達が守備を命じられたのは南側であり、彼らは防壁の上から警戒する。すでに周辺一帯は雲に覆《おお》われており、まだ日の高い時間帯だったが薄暗くなっていた。腐敗竜やアンデッドにとっては、非常に都合の良い状況である。

すると、見張りをしていたダインが声を上げる。

「お、おい‼　あれを見ろよっ‼　奴ら、もうここまで来やがった⁉」

「……アンデッドか」

「うわぁっ……すごい数ですね」

全員が彼の声に反応して遠くを見ると、都市に向けて進行するアンデッドの大群がいた。しかも、レイトとカゲマルが発見したときよりも数を増している。おそらく、移動の最中も死霊使い《ネクロマンサー》が魔物をアンデッド化させているのだろう。

エリナはアンデッドの群れを見て、大声を出した。

「うわっ⁉　あたし達が倒したオーガも混じっているじゃないっすか‼　だからちゃんと死体を焼却《しょうきゃく》するように言っておいたのに……」

「泣き言を言っている場合ではないぞっ‼　あの数、まるで軍隊ではないか……‼」

森人族《エルフ》の男性がエリナに言った。

だが、多くの者はアンデッドの数に圧倒されており、一部の兵士達は泣き言を言い始めた。

「も、もう駄目だ……あんな数、どうしようもない‼」

「弱音《よわね》を吐くなっ‼　それでもお前達は都市を守る兵士か⁉」

「あ、あんた達は魔物と戦うことには慣れているんだろうが、俺達の相手は人間だったんだぞっ‼　あんな化け物に勝てるはずがないっ……‼」

「ちっ……腑抜《ふぬ》けどもがっ」

兵士の情けない言葉に冒険者達は苛立つ。

冒険都市の兵士達は、彼らの言葉通り魔物との戦闘は不慣れである。この都市を実際に管理しているのは冒険者であり、兵士は都市内部で犯罪を犯《おか》した人間の相手をするのみなのだ。

レイトは上空を監視し、腐敗竜の姿を捜索《そうさく》していた。だが、未だにそれらしき影は見当たらない。

彼はアイリスと交信して、腐敗竜の位置を聞くことにする。

『アイリス‼　腐敗竜の場所は？』

『今のところは都市から離れた丘にいますね。距離は大分離れていますが、死霊使い《ネクロマンサー》達が間もなくアンデッドに攻撃の指示を与えますよ』

『くそっ……アンデッドの数は？』

『ざっと千体です。どうやら連中、今日中に都市を滅ぼすつもりですね』

『千体……』

その数を聞いて、レイトは意外と少ないと感じてしまった。冒険者や兵士を合わせれば、数の上ではこちらが勝っている。

すると、釘《くぎ》を刺すようにアイリスの声が脳内に響いた。

『一応言っておきますが、アンデッドを舐めてはいけませんよ。奴らは肉体が腐敗しているので、生前と比べると防御力は劣っていますが、その代わり普通なら動けなくなるような損傷《そんしょう》を受けても平気で動きます。まあ、元から死んでいるので当たり前ですが……』

『ゲームとかだと、生前よりもパワーアップしているイメージだけど……』

『どうでしょうね？　まあ、痛覚がないのでむちゃくちゃな攻撃をしてきますから厄介かもしれませんね。折れた腕を利用してありえない角度から攻撃したり、関節を外して攻撃範囲を延《の》ばしたり……ちなみにアンデッドの弱点は頭部です。ゲームでも定番でしょう？』

『バ〇オかっ』

『手っ取り早く倒すなら聖属性の魔法が一番ですが、さすがに初級魔法の『光球』では対抗手段にはなりませんから気をつけてください。首を斬り落とせば胴体は動かなくなりますけど、頭部は生きているので確実に潰してくださいね』

『分かった』

アイリスとの交信を終え、レイトは退魔刀を引き抜く。それを見て他の人間達も武器を構えた。

最初に動き出したのは都市に待機していた魔術師と弓兵達だった。彼らは接近する死者の大群に攻撃を仕掛ける。

「撃てっ‼」

号令とともに、戦意を失っていない一部の兵士と、魔術師が同時に攻撃を開始する。

『ウァアアアアッ……‼』

矢と各属性の魔弾の被害を最初に受けたのはゴブリンの群れである。腐敗した肉体に矢が突き刺さり、砲撃魔法を受けた個体は爆散《ばくさん》する。それでもアンデッドである彼らに死の恐怖や痛覚は存在せず、仲間達が次々と倒されてもためらわずに防壁に向かう。

「く、くそっ‼　奴ら、全然止まらないじゃないかっ⁉」

「アンデッドだからだよ‼　いいから攻撃を止めるなっ‼　数を減《へ》らせっ‼」

『オァアアアアッ‼』

アンデッド達が進行を止めないので、兵士達が恐怖を感じて攻撃の手を緩《ゆる》めてしまう。

その隙にゴブリン達は勢いをつけて跳躍し、防壁の下にあった水堀を跳び越え、壁に貼りついて登り始めた。

『オォオオオオッ……‼』

「うわっ⁉　こ、こいつら‼」

「馬鹿っ‼　冷静に頭を矢で射貫《いぬ》けっ‼」

レイトが怒鳴ったが、兵士達の耳に入った様子はなく、やたらめったらに矢を射《い》る。

ゴブリンのアンデッドは矢を受けてもまったく怯まず、やがて防壁を登り切って上に到達する個体も出現した。

『アアッ‼』

「ひぃいっ⁉」

「くそ、邪魔だ馬鹿野郎っ‼」

『アガァッ⁉』

レイトと同様に南側の守備を任されていたガロが、恐怖で腰を抜かした兵士に襲いかかろうとしたアンデッドを蹴り飛ばした。

ガロに同行していたモリモとミナも、防壁を乗り越えたアンデッドに攻撃を仕掛ける。

「『回転』‼」

「『衝打』‼」

『アァアアァッ……⁉』

ミナは槍を回転させてゴブリンを吹き飛ばし、モリモは勢い良く掌底《しょうてい》で堀に叩き落とす。

「回転」の戦技は使用する武器によって動きが異なる。大剣や長剣の場合は使用者が横回転して武器を振り回すが、槍の場合は手元で槍を回して攻撃を仕掛ける。その威力は剣に劣るが、扱いやすさは槍のほうが上だ。

「『シャドウ・スリップ』‼」

『オアアッ⁉』

ダインも負けずに影魔法を発動させ、影を鞭のように伸ばして壁面《へきめん》に貼りついているゴブリンを薙ぎ払う。

ゴブリン達は軒並《のきな》み落下していった。

「『水鉄砲』」

『ウオオッ……⁉』

その横ではコトミンがスラミンを両手で抱え、水を放出する。その攻撃によって壁に跳躍しようとしていたゴブリン達は次々と空中で吹き飛ばされた。

「『一斉掃射《そうしゃ》』‼」

『アガァッ⁉』

『ウオッ⁉』

『アアッ⁉』

　エリナもボーガンを構えて次々とゴブリンの頭部を矢で射るが、焼け石に水であり、数百のゴブリンが押し寄せて防壁に貼りつく。他の弓兵や魔術師も攻撃しているが、それでもアンデッドの進行を止めることはできず、徐々に冒険者達は圧され始める。

「く、くそっ……ただのゴブリンなのにっ‼」

「ちっ‼　雑魚《ざこ》の癖に……‼」

「油断しないでっ‼　アンデッドは頭部を狙わないとっ‼」

「分かってるよ‼　くそがっ‼」

『オァアアアアッ……‼』

　恐怖と痛覚が存在しない化け物達は次々と防壁を登り、生者である人間達に襲いかかる。腕や足を斬られようと、頭部が存在する限り首だけの状態でも這いずり、喰らいつく。

　あまりのおぞましさに魔物との戦闘に慣れている冒険者達も怯んでいるが、レイトは壁を乗り越えたアンデッドの群れを容赦なく斬りつけていた。

「頭を下げたほうが良いよ」

「はっ……うおおっ⁉」

「『旋風撃』‼」

『アガァッ⁉』

　ガロの背後から襲いかかろうとしたゴブリンを、レイトは勢い良く大剣で薙ぎ払い、頭部を斬り裂いた。

　ガロは咄嗟に頭を下げて刃を回避し、慌てて起き上がってレイトに文句を言う。

「あ、危ねえだろてめえっ‼」

「ごめんごめん……やっぱり、退魔刀だと危ないな。『氷装剣』‼」

「わあっ⁉」

　レイトは退魔刀を収納魔法で異空間に戻し、氷塊の長剣を生み出した。そして「形状高速変化」のスキルを発動して刃に超振動を発生させ、アンデッドの群れに嬉々《きき》として斬りかかる。

『オアアァッ‼』

「おっと」

『アガァッ⁉』

　後方から近づいてきたゴブリンを振り返りもせずに長剣を突き刺し、頭部を両断するレイト。

　振動する氷の刃は大きな力を加えなくても相手を切断でき、その斬れ味は退魔刀を上回る。

彼は左右の長剣を握りしめながら走り出し、無数のゴブリン達を仕留《しと》めていった。

「邪魔っ‼」

『ウアアアッ⁉』

『アガアアッ⁉』

『ウゲェッ⁉』

駆け抜けざまにゴブリンの頭部を斬り裂くレイトを見て、防壁の人間達は感嘆の声を上げる。

一方でガロはそんなレイトを見て、驚愕と屈辱《くつじょく》の表情を浮かべていた。

「な、なんだあいつ……本当に魔術師なのかよ⁉」

「休んでいる暇があったら手伝ってくれないっ⁉」

「まだ戦闘中だぞっ‼」

「わ、分かってるよ‼」

仲間達から注意を受けたガロは慌てて戦闘に戻った。

レイトの活躍を見て、他の人間達も奮起《ふんき》する。

徐々にゴブリンの骸《むくろ》が増えていく中、別のアンデッドの大群が防壁に迫ってきた。

『プギィイイイッ……‼』

「オークだ‼　今度はオークが来たぞっ‼」

ゴブリンの死骸《しがい》を乗り越えてきたのは、オークのアンデッドだ。

オークは堀を飛び越えて壁面に貼りつくが、その光景を目撃したレイトは、壁を登っている最中相手が隙だらけであることに気づく。

彼は氷の剣を手放して、魔法を発動させる。

「『火炎刃』‼」

『プギィイイイッ⁉』

三日月状の火炎の刃がオークを火だるまにする。

「よっしゃあっ‼　オークの丸焼きだぁっ‼」

落下したオークを見て、冒険者の一人が歓声を上げた。

他の人間達もオークの壁を登るスピードがゴブリンと比べると鈍重《どんじゅう》なことに気づき、壁を登り終える前に攻撃を加えて堀に落としていく。

「おらっ‼　落ちやがれっ‼」

「『シャドウ・スリップ』‼」

「ぬんっ‼」

『プギャアアアアッ……⁉』

だが、オークは懲りずに壁に貼りつき、堀を抜け出そうとする。

即座にレイトは魔術師に指示を与えた。

「堀の中に雷属性の魔法を撃って‼　早くっ‼」

「そ、そうか‼　おい、やるぞ‼」

「「『サンダーランス』‼」」

雷属性を習得している魔術師達が杖を水堀に構えて砲撃魔法を放ち、高圧電流が水中にいるアンデッド達の腐敗した肉体に流れる。

『ブギィイイイッ……⁉』

電流はアンデッド達の頭部にまで達し、絶命して水面に死骸が浮き上がる。

「やった‼」

「喜んでいる場合かっ‼　次が来るぞっ‼」

「えっ……うわぁっ⁉」

一瞬だけ歓声が上がるが、即座に熟練の冒険者が注意の声を上げ、それと同時に防壁に振動が走る。大砲を撃ち込まれたかのような強い衝撃に、何事かとレイトが壁面を見ると、ゴブリンとオークと思われる死骸の欠片が壁に埋もれている光景を見た。

『フガァアアアッ‼』

「や、やべえっ‼　トロールだ‼　トロールが死骸を投げつけてきやがるっ⁉」

誰かの悲鳴が響き渡り、即座に全員が前方の地上を見る。

するとと、十体ほどのトロールがゴブリンとオークの死骸を掴み、防壁に投擲しているのが見えた。投げ込まれた死骸は壁に激突した瞬間にミンチとなるが、その衝撃は凄まじく、防壁が罅割れ始める。

「まずい‼　奴ら、壁を壊す気だぞっ⁉」

「何してんだよ‼　早く魔法でぶっ倒せっ‼」

「ば、馬鹿を言うなっ……‼　今までどれだけ魔法を使っていると思うんだっ⁉　もう魔力が……」

「そんなっ‼」

魔術師達はすでに魔力を使い果たしており、トロールに対抗する力は残っていなかった。砲撃魔法は威力は大きいが魔力消費量が高く、立て続けに魔法を撃ち続ければ当然だが魔力は尽きる。魔力回復薬を使用したとしても即座に魔力が戻るわけではなく、防壁の魔術師はトロールに対して何もできない。

「弓兵‼　早く奴らの頭を撃てっ‼」

「もうやっていますよ‼　だけど、あいつらとんでもない石頭なんすよっ‼」

エリナが悔しそうに怒鳴った。彼女は先ほどから何発もトロールの頭部に矢を放っているが、全て弾《はじ》き返されてしまう。

そうこうしている間にも、トロールは次々と死骸を投げつけて防壁を破壊しようとする。

『フゴォオオオッ……‼』

「ぎゃああっ⁉」

「うわぁっ⁉」

防壁に立っている人間達も度重《たびかさ》なる衝撃によって体勢を崩し、中には堀の中に落下してしまう者もいた。

すでに壁際《かべぎわ》には無数の死骸が貼りついており、亀裂《きれつ》はいよいよ広がっている。この調子では防壁が崩壊するのは時間の問題であった。

レイトは両手を前に突き出し、魔法を発動して氷の壁を作り上げる。

『《氷塊》‼』

「「おおっ⁉」」

防壁の前に巨大な氷の壁が出現し、飛んできた死骸を防ぐ。

さらにレイトは氷壁《ひょうへき》をトロール達に向けて突進させた。

「くたばれっ‼」

『フガァッ⁉』

トロールの群れがロードローラーのように潰される。

だが、さすがのレイトも数十メートル規模の壁を出現させたことで魔力を大分消耗してしまい、全身に汗が流れ始めた。

『フガァアアアッ……‼』

氷壁が時間経過によって消失したとき、潰れたと思われたトロールの鳴き声が響き渡った。

そして地面から五体のトロールが這い上がってきたのだが——

『ウオオオオッ……‼』

『フガァアッ⁉』

背後から別のアンデッドが現れ、トロールの頭部を踏みつけた。

それは草原でレイト達が打ち倒したオーガの群れであり、大半は魔法を受けて死亡した個体なのか、肉体が黒焦《こ》げになっていた。それでもアンデッド化してからそれほど経っていないのか、肉体のほとんどが腐敗していない。

「ちっ……またあいつらか」

「厄介だな……アンデッドになっても戦闘力はそれほど落ちてなさそうだ」

「でも、皮膚や筋肉が欠けている部位があるから、そこを狙えば……」

ガロ達が不安そうな表情で作戦会議をしている。

一方でレイトは退魔刀を握りしめ、ゴンゾウがいる場所に移動した。

「ゴンちゃん」

「レイト……俺も行くぞ」

「えっ……行くってどういうことですか？」

ゴンゾウの言葉にエリナは不思議そうに顔を上げたが、レイトは彼の意図を汲《く》み取って魔法を発動した。

「『氷塊』‼」

「うわっ⁉」

「な、なんだっ⁉」

「おおっ……」

レイトが「氷塊」の魔法で作り出したのは、複数の氷の円盤《えんばん》である。

ずいぶん前の話になるが、レイトが深淵の森の屋敷から抜け出す際、同じように円盤を足場にして脱出した。

レイトとゴンゾウは同時に飛び出し、円盤を渡って地上に下りる。

「とうっ‼」

「ぬんっ‼」

「「「ええっ⁉」」」

彼らの行動に、その場にいた誰もが驚愕した。

「馬鹿っ‼　何やってんだよ、早く戻ってこい‼」

「兄貴⁉　いくらなんでもそれは……」

二人に向かって怒鳴るダインと、心配そうな表情を浮かべるエリナ。

「私も行く」

「ちょちょっ⁉　駄目っすよ姉さん‼」

コトミンも二人のあとに続こうとしたが、慌ててエリナが引き留めた。

そんな彼らの声は聞こえていたが、レイトとゴンゾウは足を止めない。そして地上に下り立ち、近づいてくるアンデッドの大群に大剣と棍棒を振りかざした。

「『撃剣』‼」

「『金剛撃』‼」

『アァアアアアアアアッ⁉』

二人の攻撃によって真っ先に吹き飛ばされたのは、コボルトのアンデッド達である。

残されたのはコボルト、オーガ、そして赤毛熊《ブラッドベア》のアンデッド。レイトとゴンゾウはオーガのもとにたどり着く前に、数十体のコボルトを倒す必要があった。

「ぬぅんっ‼」

『ギャウンッ⁉』

「せいっ‼」

『ギャアッ⁉』

コボルトは素早さが取り得の魔物だが、身体が腐敗している影響なのか生前と比べると格段に動きが鈍《にぶ》っており、大振りの攻撃ですら避けられないようだ。

『ウガァアアアッ‼』

「オーガが一体来たよ‼」

「俺に任せろっ‼」

オーガがレイト達に接近した瞬間、ゴンゾウが前に出る。彼は棍棒を握りしめ、渾身の一撃を放った。

「『金剛撃』‼」

『ガアアッ‼』

相手が振るった拳に対し、ゴンゾウが棍棒を叩きつける。その瞬間、激しい金属音が鳴り響き、双方《そうほう》とも衝撃で後退った。

ゴンゾウは自分の両手が震えていることに気づき、顔をしかめながらも追撃を加える。

「ふんっ‼」

『ウガァッ‼』

「ぐはっ⁉」

「ゴンちゃん⁉」

棍棒を横薙ぎに払った瞬間、オーガは右足を繰り出してゴンゾウの腹部を蹴った。

ゴンゾウは咄嗟に巨人族《ジャイアント》だけが扱える「硬皮《こうひ》」のスキルを発動して防御したが、それでも肋骨《ろっこつ》が数本破損して血反吐《ちへど》を吐く。

「ぐふぅっ……!!」

『ガアァッ……!!』

「こいつっ……」

「手を出すなっ!!」

レイトがゴンゾウを助けようとオーガに退魔刀を構えたとき、ゴンゾウが棍棒を杖代わりにして立ち上がった。

レイトは驚いたが、そこは彼に任せて別の魔物に斬りかかる。

『ウオオオオオッ!!』

「ぐふぅっ!?」

ゴンゾウは顔面を叩きつけられ、さらに吐血する。それでも彼の戦意は衰《おとろ》えず、オーガに掴みかかり、身体を持ち上げた。

「ぬおおっ!!」

『ウガァッ……!?』

「『兜落とし』!!」

格闘家の戦技を発動させ、オーガの身体を逆《さか》さまにして脳天から地面に叩きつける。

アンデッドの弱点である頭部が潰れ、彼が手を放すとオーガは地面に倒れ込んだまま動かなくなった。

だがしかし、他の個体がゴンゾウに襲いかかる。

『ウガアアッ‼』

「させるかっ‼」

「待てっ‼」

援護《えんご》しようとするレイトを、またもやゴンゾウが止めた。そして彼は拳を握りしめ、正面から近づいてくるオーガの顔面を殴った。

「『正拳』‼」

『ガハァッ⁉』

続いて、二体目に向けて蹴りを放つ。

「『前蹴り』‼」

『ウオッ⁉』

「『回し蹴り』っ‼」

体勢を崩した二体目に今度は後ろ回し蹴りを放ち、額に踵《かかと》を叩きつけて吹き飛ばした。

『ガアアッ……⁉』

「すごいっ……」

「ふうっ……」

アンデッドと化したことで防御力が落ちているとはいえ、それでも頑丈な肉体を誇るオーガを素手で打ち倒したゴンゾウにレイトは驚嘆《きょうたん》した。

その一方で、ゴンゾウは自分の拳と足に目をやって顔をしかめる。攻撃した箇所が赤く腫れ上がっていたのだ。

『ウガァアアアッ‼』

「くっ……‼」

「おらぁっ‼」

負傷《ふしょう》したゴンゾウに周囲のアンデッドが襲いかかろうとしたとき、今度こそレイトが彼の前に出て、一気に大剣で薙ぎ払った。

そしてこれ以上ゴンゾウに戦闘させるわけにはいかないと、レイトは空中に固定させていた氷塊の円盤を呼び寄せる。

「ゴンちゃん‼　早くそれに乗って‼」

「いや……まだ俺は戦える‼」

だが、ゴンゾウは棍棒を拾って両手で構える。そして筋肉を膨張《ぼうちょう》させ渾身の力を込めて豪快に振り払った。

「『金剛撃』‼」

「うわっ⁉」

『ギャアアアアッ⁉』

アンデッドの群れを一振りで薙ぎ倒し、一気に数を十体ほど減らす。それでも限界が近づいており、膝を崩し、腫れ上がった拳を押さえた。

「ぐぅうっ……⁉」

「だから無茶しちゃ駄目だって‼　『回復強化』‼」

「す、すまん……」

レイトはゴンゾウを回復魔法で治療する。その隙を他のアンデッドが見逃すはずはなく、片目が腐れ落ちたコボルトが真っ先に飛びかかった。

『ウォオンッ‼』

「うるせえっ‼」

『ギャウッ⁉』

レイトはそちらを見もしないで退魔刀を振るい、的確にコボルトの頭部を斬り落とす。そして治療を終えるとゴンゾウとともに立ち上がり、氷塊の円盤の上に移動して防壁に向かった。

「しっかり掴まってて‼」

「あ、ああっ……うおおっ⁉」

「いでででっ⁉」

円盤型の氷塊が浮上した瞬間、ゴンゾウがぐらついてレイトの肩を掴み、巨人族《ジャイアント》の握力で掴まれたレイトは危《あや》うく肩が脱臼《だっきゅう》しかけた。それでも無事に防壁に帰り着き、即座に仲間達が駆け寄る。

「大丈夫っすか二人とも⁉」

「……心配した」

「たくっ、あんまり心配させるなよっ‼」

「ごめんごめん……ぐふぅっ⁉」

「あ、すまん」

ゴンゾウがレイトの肩を掴んだまま氷塊から飛び降り、レイトは引きずり降ろされる形で防壁の上に着地した。

そこに、他の冒険者と兵士達も駆けつける。

「おい‼　あんたら、すごかったな今のっ‼」

「空を飛ぶなんて……なんていう魔法なんだ⁉」

「でかいほうもよくやったぞ‼」

彼らはアンデッドを打ち倒したレイトとゴンゾウを褒め称《たた》えたが、ちらっと振り返ったガロが怒鳴りつける。

「気を抜いてんじゃねえっ‼　まだ戦闘は終わってないんだぞっ‼」

実際、彼の言葉通り、まだアンデッドの大群は半数ほど残っている。トロールやオーガのような厄介な魔物は倒したが、全てのアンデッドを殲滅《せんめつ》したわけではない。

『ウォオオオオオオオッ……‼』

そのとき、残されたアンデッドの大群が一斉に動き出し、防壁に向けて突撃を仕掛けた——

5

南側の防壁にてレイト達がアンデッドの大群と戦闘している頃、他の門にも無数のアンデッドが襲撃を仕掛けていた。

東側の防衛を任されているのは黒虎のギルドマスターであるバルであり、彼女は他のギルドの冒険者とともに、防壁を越えて草原にてアンデッドの大群と戦っていた。

「おらおらっ‼　死人の癖に出しゃばってんじゃないよ‼」

『アアッ‼』

東門を襲撃しているのは、「人間」のアンデッドだった。おそらくは腐敗竜がいた山村をはじめとする、複数の村や町の住民達がアンデッド化されたのだろう。

元は人間とはいえ、今は魔物である。バルは容赦なく大剣で敵を薙ぎ払った。

だが、中には簡単に割り切れず、本来の力を発揮できない者もいた。

「く、くそっ……うわっ⁉」

『ウオオッ‼』

「よそ見してんじゃないよっ‼」

攻撃を躊躇した冒険者が背後から噛みつかれかけたが、寸前でバルがアンデッドの頭部を斬り飛ばした。

首を刎ねられたアンデッドが倒れ、冒険者は悲鳴を上げながら死体から離れる。

バルは彼に怒鳴りつけた。

「相手が元人間だからってためらうんじゃないよ‼　油断したらこっちが殺されると思いなっ‼」

「は、はい‼」

『オァアアアアッ……‼』

なおもアンデッドは冒険者達に襲いかかる。

とはいえ人間のアンデッドは魔物と比べると非常に力が弱く、しかも死体の腐敗化が進行した人間は動きも鈍《のろ》い。東門の戦況は冒険者側が大きく有利だった。

◆◆◆

北側の防壁では、牙竜のギルドマスターであるギガンが、開け放たれた門の前で一人佇《たたず》んでいた。

彼の目の前には、堀に架《か》けられた橋を渡ろうとする、「スケルトン」という骸骨《がいこつ》の姿をしたアンデッドが無数にいる。人間のアンデッドの成《な》れの果てとも呼べるスケルトンと向かい合い、ギガンは防壁に待機している兵士達に声をかける。

「恐れるなっ‼　お前達は防壁を登ろうとする個体だけを相手にしろっ‼」

「は、はい‼　分かりました‼」

「ギガン様‼　スケルトンが接近してきます‼」

堂々と開いている門を目指し、無数のスケルトンが進行する。

兵士達は身体を震わせるが、ギガンはつまらなそうに鉞《まさかり》を両手に構える。

「ふんっ……その程度の数でこの都市を落とせると思っているのか？」

『カタカタカタカタッ……‼』

顎《あご》を忙《せわ》しなく動かしながら近づいてくる無数の骸骨を、ギガンは門の前で待ち構える。

彼は一人でスケルトンを撃退するつもりなのだ。もしこのときの彼の考えを他の人間が知っていたら、あまりに無謀だと反対する者もいただろう。

自分の強さに絶対の自信を持つギガンは、不敵《ふてき》な表情で仁王立《におうだ》ちしていた。相手が人間であれば、気圧《けお》され迂闊に近づけなかったかもしれないが、恐怖という感情とは無縁《むえん》なスケルトンは、容赦なくギガンに襲いかかる。

『カタカタカタッ‼』

「雑魚どもが……ぬぅんっ‼」

ギガンの叫び声と同時に、無数の骨が砕け散る音が響き渡った。

◆　◆　◆

西側の門には、最も多くの冒険者が集まっていた。

西側の守備を任されていたマリアは防壁の上に立ち、都市に接近する大型獣のアンデッドを退屈そうに見ている。

現在防壁に迫っているのは「マモウ」という、マンモスによく似た魔獣のアンデッドである。全部で四体いて、氷雨のギルドに所属する冒険者達がいくつかのグループに分かれて相手をしていた。

そのとき、冒険者の一人がマリアに報告する。

「マリア様‼　マモウを相手にしているA班の被害が拡大しています‼」

「控えのE班に増援《ぞうえん》に向かわせなさい。他の部隊の様子は？」

「今のところ、C班が優勢《ゆうせい》のようですが……」

「そう……なら私の出番はなさそうね」

マリアは冒険者達をA～Fの六部隊に分け、そのうちA～Dの四部隊に対処させている。万が一にも防壁を攻撃されないよう、冒険者達は草原で魔物の相手をしていた。

『パォオオオオッ‼』

「ま、まずい‼　マリア様、パオーがD班を振り切ってこちらに近づいています‼」

「パオー……たしかマモウの亜種《あしゅ》だったかしら？」

マリアがD班のほうを見ると、象《ぞう》に似た大型魔獣、パオーが冒険者達を振り切って門に接近していた。

彼女は面倒そうに自分の人差し指にはめている青色の指輪を構え、突進してくる魔獣に向けて魔法を発動する。

「『ブリザード』」

『ッ……⁉』

次の瞬間、マリアの指輪から冷気を帯びた突風が放たれた。

パオーの肉体を風が包んだ瞬間、巨体が凍りつき、完全に動かなくなる。

冒険者達は誰もが驚愕の声を上げるが、マリアはつまらなそうにため息を吐く。

「まったく……この程度の相手のために、私に魔法なんて使わせないで頂戴」

「も、申し訳ありませんっ!!」

「ここはあなた達に任せるわ。何か起きたら呼びなさい」

「はっ!!」

一瞬にして大型魔獣を凍結《とうけつ》させたマリアは、頭を押さえながら防壁をあとにする。

彼女には、他にやらなければならないことがあったのだ――

◆　◆　◆

冒険都市の四方にアンデッドの大群が襲撃を仕掛ける間、都市から十キロほど離れた村に、腐敗竜はいた。

村の隅にある墓地に最強の死霊使い《ネクロマンサー》、キラウがいる。彼女は自分の前に横一列で立っている数人の死霊使い《ネクロマンサー》に話しかける。

「意外と頑張ったわね。でも、そろそろ限界かしら？」

「う、ああっ……」

「殺せぇっ……殺してくれぇっ……」

「がはぁっ!?」

死霊使《ネクロマンサー》い達は全員が血の涙を流し、異常なまでに痩せ細っていた。

彼らはキラウに操られ、彼女の命令によって自分の限界以上の魔力を使って大量の死体をアンデッドに変化させた。そして現在、冒険都市を襲撃させている。

だが、それはあまりにも危険な行為だった。大量のアンデッドを操ると術者の身体に大きな負担がかかり、しかも操っているアンデッドが死亡すれば死霊使《ネクロマンサー》いにも影響が及ぶ。すでにキラウの目の前には、十人の死霊使《ネクロマンサー》いが倒れていた。彼らは操作していたアンデッドが全員倒されたことで気絶し、そのまま死亡してしまったのだ。

「ぐふっ……‼」

また一人、死霊使《ネクロマンサー》いが絶命する。

「十一人目……そろそろ私も動くべきかしら？」

『グゥウウウウッ……』

そのとき、キラウの背後から唸り声が上がった。

「落ち着きなさい……あなたの出番はもうすぐよ」

彼女は笑みを浮かべながら、声の主を振り返る。

そこにあるのは巨大な腐敗竜の頭であり、虚ろな眼で彼女を覗き込んでいた。

この数日間、無数のアンデッドを食らい続けた腐敗竜の全長は四十メートルを超えた。ここからさらにキラウは、腐敗竜をより進化させるため、最後の仕上げをするつもりだった。

「そろそろね……もうあなた達に用はないわ」

「「「あがぁっ⁉」」」

彼女が指を鳴らした瞬間、立ち続けていた最後の三人の死霊使い《ネクロマンサー》が断末魔《だんまつま》の声を出して倒れた。彼女は死霊使い《ネクロマンサー》達に、死ぬようにと命令したのだった。

彼女は目の前で死んだ死霊使い《ネクロマンサー》いになんの感情も抱かず、腐敗竜に命令を出す。

「食べなさい」

死体を指さしながらキラウが言った瞬間、腐敗竜がゆっくりと首を伸ばし、口を開けて十四人の死霊使い《ネクロマンサー》いを呑み込む。

『――オォオオオオッ……‼』

全ての死体を喰らった瞬間、腐敗竜の瞳が怪しく輝き、肉体に異変が生じる。全身から黒い魔力がにじみ、腐った皮膚の代わりに身体全体を覆《おお》った。

キラウはその光景を恍惚《こうこつ》として見つめた。彼女はついに、自分の願いである「最強の死霊人形」を生み出したのだ。

「ああ、これで世界は私のもの……いいえ、私とあなたのものになるのね」

『アアアアアアアアアッ……‼』

「ふふっ……そんなに興奮しないで頂戴。もう我慢する必要はないのよ。さあ、行きましょうか」

　全身が黒く変化した腐敗竜を見て、キラウはこの状態の腐敗竜に直に触れるのは危険と判断した。そこで彼女は自分の右腕に付けている腕輪――初代勇者が残した「神器《じんぎ》」と呼ばれる特別な魔道具に触れる。

「『ウィング』」

　キラウが呟いた瞬間、魔力を腕輪が吸収し、やがて背中に魔力でできた緑色の翼が誕生した。その姿は、まるで天使のようである。

　キラウは翼を広げて飛翔する。

「行きましょう」

『オァアアアアアッ……!!』

　腐敗竜が背中の翼を広げ、巨体を浮上させてキラウのあとに付いていく。

　彼女達が目指す先は冒険都市。圧倒的な力で蹂躙《じゅうりん》することが目的だった。彼女の依頼主である旧帝国《エンパイア》の思惑《おもわく》に乗る形にはなるが、それでも構わないとキラウは考えた。

「そろそろあの女も目障《めざわ》りになってきたわね。都市を破壊したら、今度は王都を狙おうかしら？」

　キラウは、現在の旧帝国《エンパイア》を支配する人物のことを考えながら呟く。

　王都には厄介な大将軍がいる。能力的に、キラウはどうしてもその相手には敵《かな》わない。

それでも彼女は自分が作り上げた腐敗竜ならば、今度こそ圧倒的な力で自分を打ち破った者を仕留められると確信しており、彼女は都市の次は王都を攻めることを決意したのだった。

◆　◆　◆

――時刻は腐敗竜が動き出す数分前に戻る。

レイトのいる南側の防壁では、冒険者達がアンデッドの殲滅のために動いていた。すでに厄介なオーガやトロールのアンデッドの討伐は終わり、冒険者達はレイトが作り出した氷塊の円盤を階段代わりにして草原に下りる。

「おらぁっ‼　その程度か雑魚ども‼」

「今までのお返しだぁっ‼」

「ここは僕達の都市だ‼　だからみんなでここを守るんだっ‼」

『オァアアアアッ……‼？』

戦意を取り戻した冒険者達によって、アンデッドが次々と駆逐《くちく》されていく。

すでに強力な個体はレイトとゴンゾウによって倒されており、残されたのはコボルトや赤毛熊《ブラッドベア》のようなアンデッド化したことによって弱体化した魔物達だけである。

『ガァアッ……‼』

「おらっ‼　動きが遅いぞっ‼」

「そんな腐った身体で俺達に勝てると思っているのか⁉」

赤毛熊《ブラッドベア》のアンデッドが冒険者に襲いかかろうとするが、腐敗が激しく、動作が鈍《にぶ》い。生前の状態ならば強敵となりえる存在だが、アンデッドと化した今では脅威《きょうい》とは言いにくい。

「ぬぅんっ‼」

『ギャアッ⁉』

素手で赤毛熊《ブラッドベア》を殴り飛ばしたゴンゾウに、ダインが驚く。

「うわ、すごいなゴンゾウ‼　お前、素手のほうが強いんじゃないのか？」

「……俺が棍棒を使っているのは身体を鍛えるためだ」

「あれ、重りだったのっ⁉」

その一方で、エリナはコボルトの集団の中を走り抜けながらボーガンを構え、的確に頭を射貫く。

「『乱射』ぁっ‼」

『アガァッ……⁉』

彼女の後ろにはコトミンがおり、両手で抱えたスラミンを赤毛熊《ブラッドベア》に向ける。

「『水鉄砲』……改め、『水散弾』」

『ブハァッ⁉』

スラミンは赤毛熊《ブラッドベア》の顔面に向けて広範囲に拡散した水飛沫を放ち、相手の視界を封《ふう》じた。

威力は弱いが相手を怯ませる効果はあるらしい。

その隙にダインが影魔法を発動して赤毛熊《ブラッドベア》の足元を払う。

「『シャドウ・スリップ』‼」

「ウガァッ⁉」

全身が濡れた赤毛熊《ブラッドベア》は影で足を払われて転んだ。

その隙を逃さず、ゴンゾウが踵落《かかとお》としを頭部に放つ。

「『兜落とし』‼」

『グゲェッ……⁉』

「うわ、グロい……」

ゴンゾウの踵が赤毛熊《ブラッドベア》の頭を潰し、周囲に血飛沫が舞い上がり、その光景にダインは口元を押さえた。

彼の倒したアンデッドで打ち止めだったのか、他の敵の姿が見えなくなる。冒険者達は息を荒らげながらもアンデッドの大群を打ち倒したことを悟り、全員が顔を見合わせて歓喜の声を上げた。

「た、倒した……全員倒したぞっ‼」

「やった‼　俺達の勝ちだっ‼」

「守り切ったんだっ‼」

「いや、気を抜くなっ‼　まだ他にアンデッドがいるかもしれない……すぐに防壁に戻るぞっ‼」

　熟練の冒険者は油断せずにそう言い、他の敵の姿を探しながら防壁のほうに向かう。浮かれていた人間もまだ腐敗竜が現れていないことを思い出し、気を引き締めて防壁に引き返そうとした。

　そのとき、彼らは異変に気づく。

「あ、あれ？　レイトの作った氷が消えてるぞ？」

「どういうことだ？」

「時間経過で消えただけじゃないのか？」

「おい、待てっ……あの野郎はどこに消えやがったっ⁉」

　階段代わりに利用した円盤型の氷塊がいつの間にか消失しており、円盤を作り出したレイトの姿も消えている。

　慌てて冒険者達はレイトの姿を探すが周囲には見当たらず、必然的に彼の仲間達に視線が集まった。

「お、おい‼　あんたらの仲間はどこに行ったんだ？　お礼を言いたかったのに……」

「そうだな、あいつがいなければ防壁なんてとっくに破壊されていたからな」

「そっちのでかいのもよくやったけど、あの子がいなかったらまずかったわね」

「えっと……お、おい。誰かレイトの姿を見た奴はいないのか？」

ダインは困惑して他の仲間を見た。だが、全員が戦闘の最中にレイトを見失ったという。

「姉さんは知らないんですか？」

エリナがコトミンに聞くと、彼女は首を横に振った。

「私は知らない……でも、ヒトミンがいないから、一緒に持っていったと思う」

「全員で草原に降りるところまでは一緒だったはずだが……」

「はっ‼　怖くて逃げ出しちまったんじゃないのか？」

ガロの挑発的な言葉に、ダインが怒鳴り返す。

「れ、レイトはそんな奴じゃないぞっ‼　あいつは仲間を見捨てるような奴じゃないからなっ‼」

他の人間もレイトが逃げ出したとは思っていない。だが、どこに行ったのだろうかという疑問はあった。

その中で、一人の人間が恐る恐る手を挙《あ》げる。

「あの……レイト君は見ていないけど、実は僕、さっき気になるものを見たんだよね」

「ミナ？」

手を挙げたのは槍使いのミナだった。彼女は戦闘中に目撃したことを伝える。

「えっとね、レイト君が連れていた白狼種……ウル君だっけ？　そのウル君がさっきあっちの方向に走っていったんだ。背中に誰かが乗っていたと思う」

「本当かっ⁉」

「おい、まさかあいつ……」

「そ、そんなことがあるわけないだろ‼　レイトがウルに乗って逃げるはずがないっ‼」

「いや、俺まだそこまで言ってないだろ⁉」

まさかレイトは本当に逃げたのではないか、と冒険者達は大きな不安を抱いた。

◆◆◆

冒険者達の予想は半分当たっていた。レイトはたしかに、草原で戦闘が始まったときにウルに乗り込み、戦線離脱してある場所に移動していたのである。

現在、彼はウルに乗って草原を疾走していた。彼の肩の上にはヒトミンもおり、背中にはマリアから彼の護衛を任されたカゲマルの姿もある。

「……カゲマルは無理に付き合う必要なんかないのに」

「愚問《ぐもん》。主の大切な甥を見殺しにはできん」

『ぷるぷるっ』

レイトは器用に両足だけでウルの胴体にしがみつくカゲマルを見ながら、こっそりため息を吐いた。

本来ならば彼を、自分の考えた作戦に巻き込むつもりはなかった。だが南門に向かう直前、今回の作戦をマリアに相談したときに、カゲマルを護衛として付けるようにと強く言われたため、仕方なく従っているのである。

現在、レイトはカゲマルを連れて腐敗竜がいるという場所に移動している。しばらく走っていると、脳内にアイリスの声が響いた。

『動き出しましたよ』

「……来たか」

レイトはついに敵も動き始めたことを知り、前方を注意深く睨む。

数秒後、背筋が凍りつくような恐ろしい鳴き声が草原に広がり、上空を飛ぶ巨大な生物が見えた。

『――オァアアアアッ……!!』

おぞましい叫び声を上げながら、腐敗竜が姿を現した。

レイトは冷や汗を流し、肩の上に乗っているヒトミンは彼の服の中に避難する。

腐敗竜の肉体は黒い魔力で覆《おお》われており、彼はそれを見てアイリスと交信する。

『アイリス』

『やばいです。あれはマジ半端ないっす』

『いつからエリナみたいな口調になったんだお前は……』

『それほどまでにまずい状況ということですよ兄貴っ』

『呼び方も真似るなっ』

普段の彼女らしくもなく動揺したアイリスの声を聞き、レイトは予想以上に現在の事態がまずいのだと悟る。それでも現状は事前に彼女と立てた作戦通りに進んでおり、ここで引き下がるわけにはいかない。

「さてと……カゲマル。いや、この際、親しみを込めてカゲさんと呼ばせてもらいます」

「な、なぜだ……？」

「今から俺とウルは腐敗竜を挑発します。そして指定の場所まで誘導する予定ですが、きっとあの女が邪魔をしてくるはずです」

「奴か……」

カゲマルは腐敗竜の前を飛ぶ人影を見ながら言った。

その人物――キラウは緑色の翼を生やして優雅《ゆうが》に飛行していた。

彼は偵察の際に何度かキラウの姿を目撃しているが、魔術師でありながら歴戦の武芸者のような威圧感《いあっかん》を放っている彼女は相当手ごわい相手だと感じていた。隙があれば暗殺するようにマリアから命じられていたが、結局挑むことさえしなかった。

だが、今の彼には勝算がある。

「奴の相手は任せろ……主からこの刀を使う許可が下りている」

カゲマルはそう言って、腰に提げた刀を指さす。

「それは？」

「妖刀《ようとう》ムラマサ……初代勇者が作り出した神器であり、まだ主が現役の冒険者として活動していた時期に入手したものだ」

キラウに対抗するために、カゲマルはマリアから特別な魔道具を渡されていた。それは日本刀の形をした武器である。

この妖刀ムラマサは聖剣の類《たぐい》とは異なり、勇者が自分の能力で作り出した武器である。その性能は聖剣には劣るが、それでも驚異的《きょういてき》な力を発揮することから「神器」と称えられ、同時に「妖刀」と恐れられてもいる。

レイトはキラウを見上げながら言う。

「でもあの人どうやって空を飛んでいるんだろう……精霊魔法？」

「いや、恐らくは特別な魔道具だろう。だが、空を飛ぶのは奴だけではない」

「え？」

「ほら、そこにでかいのがいるだろう」

カゲマルが前方を指さすと、腐敗竜が本格的に動き出したところだった。

レイトはウルの頭を撫でる。

「ウル……行くぞ」

「ウォンッ‼」

『ぷるぷるっ……』

「ヒトミンはしっかりと隠れてろよ」

「武運を祈る」

レイトは収納魔法を発動し、退魔刀と長剣を抜き取る。

カゲマルがウルの背中から降りるのを確認すると、レイトは上空を飛ぶキラウを見上げ、注意を引くべく大声を上げる。

「うぉおおおおっ‼」

「ウォオオオオンッ‼」

レイトとウルの咆哮が重なり、上空を移動するキラウと腐敗竜がその声に気づいた。

一瞬キラウがレイトを見たのを見逃さず、レイトは思い切り叫ぶ。

「——ゲインを殺したのは俺だぁあああっ‼」

その声を聞いた瞬間、キラウがレイトに身体を向けた。

歪《ゆが》んだ形ではあるが、ゲインはキラウが愛情を抱いていた、ただ一人の男である。

『オォオオオオオオッ……‼』

数秒後、キラウの命令によって腐敗竜が地上に向けて下降を始めた。

レイトは自分の挑発が成功したことに喜ぶ暇もなく、ウルを即座に走らせる。

「逃げろっ‼」

「ウォンッ‼」

『アァアアアッ‼』

腐敗竜が着地した途端、激しい震動《しんどう》が地面に伝わった。そして腐敗竜は空を飛行するときよりも速度を増し、レイトを追いかける。

「……殺せ」

『オァアアアアアッ‼』

追跡の最中、キラウが腐敗竜に命令した。

レイトの言葉が本当だという確証はないが、それでもゲインの名前を出したのは自分と彼の関係を知っているからではないか。

真実をたしかめたいところだが、今は時間が惜《お》しいので彼女はレイトを殺すことにした。

「ウォオンッ‼」

だが、彼女の予想以上にウルが速く、腐敗竜はなかなか追いつけない。

仕方なくキラウは、上空からレイトに向けて杖を構えた。

「『ダークフレイム』……」

「させぬっ‼」

次の瞬間、キラウの前方から苦無が放たれる。

予想外の攻撃に彼女は驚いたが、首を反《そ》らして苦無を避ける。

「何っ?」

キラウは前方に目を走らせ、自分と同じように空を飛ぶ黒装束の男――カゲマルを発見した。

カゲマルは「飛脚《ひきゃく》」というスキルを使用して、空を飛んでいた。飛ぶというよりは駆け抜けるという表現が正しく、足の裏から衝撃波を生み出して空を移動しているのである。

「『辻斬り』‼」

「っ‼」

カゲマルはキラウに接近し、小太刀を振る。キラウは後方に下がって避けようとしたが、カゲマルのほうが素早く、小太刀の刃が彼女の杖に当たった。

「ぬんっ‼」

「くっ⁉」

杖に取り付けていた水属性の魔石が砕かれ、キラウは顔をしかめ上空に飛翔する。速度はカゲマルのほうが上だが、彼の「飛脚」は直線的な移動しかできず、機動力は彼女が勝《まさ》っている。

そしてカゲマルより上に移動したキラウは、杖を構えて砲撃魔法を放った。

「『ダークボルト』‼」

「遅いっ」

全ての属性の中でも速度に特化した雷属性と、闇属性の砲撃魔法を組み合わせた合成魔術でキラウは攻撃を仕掛けるが、カゲマルは攻撃を放たれる直前に移動して回避した。

キラウは舌打ちする。死霊使い《ネクロマンサー》の彼女は魔物を操っている間、大量の魔力を消費する。そのため、威力の高い砲撃魔法は使えないのである。

キラウはカゲマルを無視することにし、先にレイトを仕留めようと地上に向かう。

「逃がさんっ‼」

すると、カゲマルが彼女の背後から接近し、先ほどの小太刀ではなく妖刀を抜いて斬りかかった。

キラウは振り向きざまに紅色の輝きを放つ妖刀の刀身を目撃し、目を見開く。

「その刀は……⁉」

妖刀を握り締めたカゲマルの瞳は赤く輝いている。

キラウは危険を察して、杖を構えて魔法を発動した。下手な攻撃では避けられると判断し、彼女は森人族《エルフ》にしか扱えない砲撃魔法を放つ。

「『マジックアロー』‼」

「ぬうっ⁉」

杖の先端から複数の属性の魔弾が放たれた。

カゲマルは自分に近づいてくる五発の魔弾に妖刀を構え、暗殺者専用の戦技を発動させる。

「『疾風剣《しっぷうけん》』‼」

凄まじい速度で妖刀を振り抜き、魔弾を斬り裂く。普通の武器では魔法に対抗することはできないが、彼の妖刀は触れた瞬間に魔弾を掻き消した。

キラウは忌々しげに妖刀を睨み、次の砲撃魔法を撃つ。

「『ダークフレイム』‼」

キラウは杖の先から黒い炎を生み出して放った。

通常の砲撃魔法よりも攻撃範囲が広く、カゲマルは回避を諦めて迎え撃つ。

「『受け流し』っ‼」

普通の人間ならば黒炎の餌食《えじき》になったかもしれないが、カゲマルは身体を回転させながら刀を振り払い、炎を別方向に誘導する。

「厄介なものを持っているわね……人間の癖にっ‼」

「人の力を、舐めるなっ‼」

キラウとカゲマルが戦っているとき、地上では異変が生じていた。

『オァアアアアッ……!?』

「坊やっ!?」

レイトを追う腐敗竜が悲鳴のような鳴き声を上げたのだ。

キラウは一瞬だけカゲマルから目を離してしまう。

彼はその隙を逃さず、キラウに接近して妖刀を突き刺す。

「『刺突』‼」

「あぐぅっ!?」

カゲマルは心臓を狙ったが、キラウは咄嗟に右腕を突き出して受け止めた。

腕に刃が食い込んだ瞬間、妖刀の刀身が光り輝く。

「喰らえっ‼　ムラマサッ‼」

「きゃあああああっ!?」

肉体に食い込んだ刃が、キラウの体内の魔力を吸収した。ムラマサは刃に触れた魔力を吸い取る性質があるのだ。

キラウの右腕が徐々にミイラのように変化していく。それを見た彼女は、咄嗟に杖を自分の右肩に当てて風属性の魔法を使用した。

「……『スラッシュ』ッ‼」

「何っ⁉」

風の刃によって、キラウの右腕が肩からすっぱりと切断された。

妖刀から解放された彼女は、カゲマルの腹部に蹴りを放つ。

「死ねぇっ‼」

「ぐふっ⁉」

人間よりも身体能力が高い彼女の蹴りを食らったカゲマルは後方に吹き飛び、その際に妖刀を手放してしまう。妖刀が落下するのを見届けると、彼女は自ら切り落とした右腕を掴み、距離を取る。

その間に、地上ではレイトと腐敗竜が攻防を繰り広げていた。

『オァアアアアッ……‼』

「ウル、全速力で突《つ》っ走《ぱし》れ‼」

「ウォオオンッ‼」

レイトは接近する腐敗竜のほうを振り返り、試しに魔法を放つ。

「『火炎弾』‼」

自分が扱える最大火力の魔法を撃ち込み、腐敗竜の顔面に見事に的中させた。

『ウォオオッ……⁉』

「……駄目かっ‼」

しかし怯んだのは一瞬だけで、腐敗竜の顔面には傷一つついていない。

そのとき、彼の脳内にアイリスの声が聞こえてきた。

『今の状態では魔法の効果は薄いですよ。現在の腐敗竜は喰らった生物の魔力を利用して、身体に闇属性のオーラをまとっているんです。本来なら死霊使《ネクロマンサー》いにしか扱えない、呪鎧《じゅがい》と呼ばれる能力を発動しています』

『結界石の防護壁みたいなもの⁉』

『魔力で防護するという点では同じです。ただし、結界石の防護壁は物理攻撃は通しませんが、呪鎧は魔法耐性が高い半面、物理攻撃には弱いです』

アイリスの助言を聞いたレイトは、おそらくキラウが聖剣の情報を掴んで、対抗策として用意したものだろうと推測する。

『あれを破壊するにはどうしたらいい？』

『時間が経過すれば勝手に消えますよ。もしくは魔法で削るしかないですね』

『なるほど……待っている時間はないか』

アイリスとの交信を終え、レイトはウルの背中から飛び降りた。着地の際は「風圧」の魔法を利用して落下の勢いを殺し、「受身」のスキルも発動する。

ウルは飛び下りたレイトを一瞥《いちべつ》してすぐに走り出す。

「そのまま止まるなよウル‼」

「ウォンッ‼」

ウルは一声吠えて、走っていった。

レイトは両手を地面に置き、補助魔法の「魔力強化」と「土塊」の魔法を発動した。

「足元注意‼」

『オァアアアアッ⁉』

すると、腐敗竜の足元の地面が陥没する。

腐敗竜は足を取られて倒れ込んだ。だが、すぐに起き上がって移動を再開する。

「時間稼ぎには……ならないか‼」

『オオオオオオオッ……‼』

レイトはそれを見て退魔刀を構え、「縮地」を発動して一気に腐敗竜に接近する。

「『身体強化』『重力剣』……『魔力強化』‼」

退魔刀の刃に紅色の魔力をまとわせ、さらに限界まで身体能力を上昇させる。そして彼はカゲマルの真似をして足の裏から「風圧」の魔法を発動して跳躍する。

「うおおおおっ‼」

『オアッ……⁉』

一気に二十メートル跳び上がった彼は、腐敗竜の頭部を目掛けて刃を振り下ろした。

「『兜砕き』‼」

『オァアアアアァッ……!?』

大剣の刃が頭部に達した瞬間、腐敗竜の悲鳴が響いた。刃が呪鎧を突破して、眉間に刺さったのだ。腐敗竜の肉体は腐っているため、ドラゴンといえど攻撃は通りやすい。

レイトは突き刺した退魔刀の柄を足場にして再び跳躍し、「氷装剣」を発動する。

「……こういう攻撃は通じるんだろう!?」

退魔刀の刃にまとっていた重力の魔力が掻き消されなかったことから、物理的な魔法ならば通用するのだろう。

彼は八メートルを超える氷の大剣を作り上げ、空中で一回転しながら刃に振動を加えて斬り裂いた。

「『回転撃』!!」

『アガァッ!?』

氷の大剣は呪鎧を突破し、腐敗竜の左目に突き刺さった。

それを確認したレイトは大剣を手放し、「氷塊」の魔法で空中に氷の円盤を作り上げて着地する。

「次は……これだっ!!」

そして彼は腰に差していた長剣を抜き、金色の魔力をまとわせた。

剣から迸る電流を見て、腐敗竜は残された右目を見開く。

『オオオオオオッ……‼』

腐敗竜は自分の尻尾を振り、レイトに攻撃した。

レイトは尻尾に向けて剣を打ち下ろす。

「こっ……のぉっ‼」

『オァアアアアッ……⁉』

すると、刃に迸る電流が雷光となって放たれた。

雷光は大剣を伝って、腐敗竜の肉体に流れ込む。

『オァアアアアッ……⁉』

腐敗竜の悲鳴が響き渡り、あちこちが罅割れていた肉体から黒煙を上げる。

「うおおおおっ‼」

剣を握りしめ、レイトは体内の魔力を注ぎ込む。

やがて刃に罅が入り、徐々に刀身全体に亀裂が生じた。それでも彼は腐敗竜に電撃を流し込むのをやめず、ついには腐敗竜の肉体が崩壊を始めた。

『アアアアアアッ……‼』

腐った皮膚が最初に溶け始め、続いて筋肉や内臓が溶解する。腐敗竜の体内に蓄えられた硫酸《りゅうさん》のような血液が蒸発《じょうはつ》し、肉体が崩れた。

「くううっ……‼」

やがて、腐敗竜の肉体が完全に崩れた。

次の瞬間、握りしめていた剣の刃が砕け散る。

「うわっ⁉」

それと同時にレイトが足場としていた円盤型の氷塊も消えた。

「ウォオオンッ‼」

地面に落下する彼を、地上から駆け寄ったウルが背中で受け止めた。

レイトは柄だけになってしまった剣を見る。

「あ〜あっ……壊れちゃったよ。これ、高かったのに」

「クゥ〜ンッ……」

柄をその場で放り投げたレイトは身を起こし、骨だけになった腐敗竜を見た。

「でも……これで終わりなわけないよね」

「グルルルルッ……‼」

先ほどから感じる嫌な気配にレイトは冷や汗が止まらず、ウルも唸り声を上げる。

すると、腐敗竜の骸骨が振動し、目の窪《くぼ》みと心臓部分に赤色の光が灯《とも》った。

『ウォオオオオオッ……‼』

骨だけになった腐敗竜が咆哮を上げた。

「いい加減にくたばれよ‼」

「ウォンッ‼」

『オオオオオオオッ‼』

腐敗竜は骨だけになっているのにもかかわらず、翼を羽ばたかせてもがいている。

その姿を見て、レイトは呪鎧が解《と》けていることに気づいた。今ならば魔法が通じるのではないかと考えたが、手に力が入らない。

「あ、やばい……魔力切れそう」

『オアアッ‼』

腐敗竜が右腕を繰り出し、地面を薙ぎ払った。骨だけだというのに恐ろしい力で地面を抉っている。

「ウォンッ‼」

ウルは咄嗟に跳躍して攻撃を回避したが、着地した瞬間、腐敗竜はウルに噛みつこうと口を開けた。

『アガァッ‼』

「ガアアッ‼」

ウルはこれもなんとか、後方に跳躍して避ける。

すると、腐敗竜の身体に再び呪鎧が発現した。そして骨だけになったからか、先ほどまでよりも俊敏《しゅんびん》な動作でレイト達に襲いかかる。

『アァアアアアアッ‼』

「くそっ……なんでパワーアップしてんだっ⁉」

『さっさと逃げてください‼　これも作戦通りでしょっ⁉』

「分かってる‼　ウル」

「ウォンッ‼」

脳内に響いたアイリスの声に反応し、レイトはウルを冒険都市に向けて走らせた。

その空の上では、カゲマルとキラウが戦闘していた。現在はカゲマルが必死に空中を駆けて、相手の猛攻《もうこう》を凌いでいる。

「よくも私の腐敗竜を……死になさい‼」

「それは、俺ではないぞっ⁉」

杖を構え次々と砲撃魔法を放つキラウ。片腕を失いながらも彼女の力は衰えず、カゲマルの動きを先読みして攻撃を繰り出している。

カゲマルはそれらの攻撃をギリギリで避けていたが、「飛脚」の連続使用によって体力が大きく削られ、最初に比べると移動速度が格段に落ちている。

そのとき、キラウが地上のレイトに杖を向けた。

「お前も死ねっ‼　『ダークフレイム』‼」

「やばいっ⁉　避けろウル‼」

「ウォンッ⁉」

キラウの杖から闇属性と火属性の合成魔術が放たれる。

ウルがなんとか回避すると、撃ち出された黒炎は地上に衝突した瞬間、一気に燃え広がった。

ウルは黒炎から逃れるために移動し続けるが、背後からは腐敗竜が接近している。

『オアアアアアッ……‼』

「くそっ……頑張れウルッ‼」

「ウォオオオンッ……‼」

主人の励《はげ》ましの言葉でウルは加速し、冒険都市を目指して駆け抜ける。

レイトが考えた作戦を実行するために。

◆　◆　◆

レイトが腐敗竜を冒険都市に誘い出したのと同時刻、黒虎の冒険者ギルドでは武装したナオが非戦闘員のギルド職員を振り払って建物の外へ移動しようとしていた。

「離せっ‼　奴の声が聞こえたんだっ‼　あいつがそこまで来ているんだろう⁉」

「お、落ち着いてくださいっ‼　姫様‼」

「あなたを外に出さないようにバル様から言いつけられているのです‼」

「うるさいっ‼」

ナオは彼らを引きずったまま移動し、ギルドの扉を押し開いた。

その直後、草原にいるはずの腐敗竜の咆哮が響き渡り、彼女は自分の騎士団の団員が殺された光景を思い出す。

『姫様‼　お逃げくださいっ‼』

『あなただけは生き残ってください‼』

『リノン‼　姫を頼んだぞっ‼』

腐敗竜の攻撃を避け損《そこ》なったナオを救うため、団員のほとんどが腐敗竜の足止めとして残り、彼女は副団長のリノンとともに冒険都市に帰還した。

逃げる最中はほとんど意識がなかったが、覚醒《かくせい》するとナオは自分のために死んでいった団員の顔を思い出し、復讐を誓った。

――オァアアアアアッ……‼

彼女は憤怒《ふんぬ》の表情を浮かべながら、腰に差した折れた自分の愛剣を握りしめた。

「どけっ‼　これ以上邪魔をするなら誰であろうが斬るっ‼」

「ひぃっ⁉」

「ひ、姫様……‼」

彼らはナオの気迫に手を放した。防壁へ移動する前にギルドを訪れたバルから、何が起きようと彼女を部屋から出すなと命令されていたが、今の彼女は本気で邪魔な者を斬り捨てる覚悟をしており、身の危険を感じたのだ。

「あら……探す手間が省《はぶ》けたわね」

「っ……⁉」

そんな彼女の前に、一人の女性が現れた。

その人物の姿を見た瞬間、ナオは戸惑いの表情を浮かべる。

どうしてここに彼女がいるのか理解できず、ナオはぽつりとその名前を口にした。

「あい、ら……さん？」

「……従弟と似た反応をするのね。いえ、この場合は義弟《おとうと》になるのかしら？」

彼女の前に現れたのは、姉であるアイラと瓜二つの容姿をしたマリアであった。

西側の防壁の守護を任されている彼女が現れたのは、門の防衛に向かう直前に自分のもとを訪れたレイトの頼み事――もとい、作戦を実行するためである。

マリアは呆然とするナオに布で包んだ剣を渡す。

「受け取りなさい、そんな剣で腐敗竜に勝てると思っているの？」

「えっ……あ、あの……」

「私の名前はマリアよ。何度か顔を合わせているはずだけど……どうやらまだ混乱しているようね」

「マリア……氷雨のギルドマスターの？」

戸惑いながらもナオは差し出された剣を受け取って包みを取り、目を見開く。中にあったのは彼女が知る剣の中で最も神々《こうごう》しく、同時に凄まじい力を感じさせる業物《わざもの》だった。

「こ、これはっ……!?」

「大切に扱いなさい。今の冒険都市にいる人間の中でこの剣の力を最も引き出せるのは、あなたなのだから……さあ、行くわよ」

「い、行くって……どこに？」

「あなたの仇のところよ。魔力消費が激しいからあまり使いたくないけど……」

マリアは自分の胸元から、冒険者が所持するギルドカードのような板状の水晶を取り出した。その表面には魔法陣が刻まれている。

何をする気なのか、とナオがマリアの行動を見守ると、彼女は顔をしかめながら自分の取り出した道具を地面に置いた。

「貴重なものなんだけど……甥の頼みなら仕方ないわね」

「何を……うわっ!?」

「『解放術式《リリース》』」

マリアが魔法の名称らしき言葉を唱えた瞬間、魔法陣が光り輝くのと同時に水晶が砕け、地面に同形の魔法陣が現れた。

ナオは自分達の足元に出現した模様《もよう》を見て、これが転移魔法陣であることに気づく。

「早く私の隣に来なさい。危ないわよ」

「えっ？」

「……まあ、別にそこでもいいわ。『星形魔法陣《スターゲート》』」

マリアがまた何事か唱えると魔法陣が輝き、やがて光に包まれた二人の身体が流れ星のように遥か上空を移動する――

◆◆◆

「何考えてんだよあいつ⁉　おかしくなったのか⁉」

「兄貴、いくらなんでもそれは庇いきれないっす‼」

「くそがっ‼　俺達まで道連れにする気かっ⁉」

冒険都市の南側の防壁にて、冒険者達は目の前の光景を見てそう叫んだ。

彼らが見たのは、骨だけになった腐敗竜から逃げるウルと、その背に乗るレイトとカゲマル、そして空を飛ぶ死霊使い《ネクロマンサー》の姿である。

大勢の人間が悲鳴と怒声を上げる中、ガロは苛立った様子でダインの襟首《えりくび》を掴み、レイトの凶行《きょうこう》を問い質す。

「おい‼　あの野郎は何を考えてやがる⁉　どうして奴を都市まで連れてきたんだよ‼」

「そ、そんなことを言われても……」

「落ち着いて……元々はここで腐敗竜を撃退する予定だった」

コトミンが言うと、ガロは勢い良く彼女を睨みつける。

「ふざけんなっ‼　それはあくまでも最終手段だろうがっ‼　わざわざあんな化け物をおびき寄せる必要なんてないんだよ‼　草原で奴と戦えば良かったんだ‼」

ガロの行動を他の冒険者達も止めようとしない。

しかし、そんな彼らの前に予想外の人物が現れた。

「お前達‼　騒ぐんじゃないっ‼」

「たくっ……まさか本当にやりやがるとはね。あたしは最後まで反対だったけど……そんなことを言っていられる状況でもないからね」

「「ぎ、ギルドマスター⁉」」

やってきたのは、他の防壁の守護を任されているはずのギガンとバルだった。

唐突に現れた二人に冒険者達は戸惑う。

ギガンとバルは、水晶の破片を握りしめながら会話をする。

「それにしてもマリアの奴……こんな便利なものを持っていたなんて聞いてないよ」

「一瞬でここまで移動できたな……事前に話は聞いていたが、素晴らしい魔道具だ。だが、今はどうでもいいだろう……お前達‼　あの少年の行動は我々の指示によるものだ‼」

「なんだって⁉」

「ど、どういうことですか⁉」

ギガンの発言に全員が驚愕している間、バルはレイト達の様子を眺《なが》める。

「どうやら二人とも大分参っているようだね……うおっ⁉　人が空を飛んでる⁉　どうなってんだい⁉」

「何を馬鹿なっ……ひ、人が飛んでる⁉」

ギガンもバルと同じ方向を見て驚愕した。

気を取り直して、二人のギルドマスターは防壁にいる冒険者達に指示を出す。

「あたし達も行くよ‼　この都市は冒険者のものだと教えてやるんだっ‼」

「で、でも……あんな化け物相手に何ができるんだよ⁉」

ダインの言葉に、バルは言う。

「あんたの影魔法で動きを止められないのかい？　そこを全員で叩けばいいんだよっ‼」

「そんな無茶なっ……うわっ⁉」

「いいから行くよっ‼」

バルがダインの身体を持ち上げて草原に下りようとしたとき、上空から流れ星のように光りながら移動する二つの物体を目撃した。

「ちっ……やっぱりあの姫様も来たのかい。はぁ……じゃあ、あたし達の出番はなさそうだね」

「流れ星……お腹《なか》いっぱい魚を食べたい」

コトミンが言うと、バルは苦笑しながら反応する。

「その程度の願い事なら、戦いが終わったあとにあたしが美味《おい》しい魚料理を出す店に連れていってやるよ。残念だけどあれは流れ星なんて大層なもんじゃないよ」

「じゃあ、何？」

「……性悪《しょうわる》エルフさ」

コトミンの質問にバルは一言だけ呟いた。

やがて上空から草原に向けて二つの流れ星が降り、腐敗竜とウルの間にちょうど割り込む形で着地した。

そして光の中から黄金の刃を持つ長剣を手にしたナオと、腐敗竜に両手を掲げるマリアが出現した。

「最上位魔法《オーバーマジック》――『プロトアイギス』」

『オァアアアアアアアアッ……!?』

マリアの構えた手から、巨大な白い光の魔法陣が出現し、攻撃を仕掛けようとしていた腐敗竜の身体が魔法陣にぶつかって弾《はじ》かれる。しかもそれに触れた瞬間、腐敗竜の身体を覆《おお》っていた呪鎧の一部が消失した。

その隙に、レイトはマリア達のもとにウルを走らせる。

マリアは身に付けていた指輪の一つを見て、ため息を吐いた。

「これはもう使えないわね。貴重だったのに」

「叔母様‼」

レイトが呼びかけると、マリアは複雑そうな表情を見せた。

「……やっぱり、次からはお姉ちゃんと呼んでくれないかしら？」

「いや、義姉《あね》は私なんだが……」

「あ……ナオ」

「主……申し訳ない。死霊使い《ネクロマンサー》を仕留められませんでした」

頭を下げるカゲマルに、マリアは肩に手を置いて労《ねぎら》った。

ナオは腐敗竜を見て、戸惑う。

「レイト……あいつはなんなんだ？」

『オァアアアアッ‼』

彼女が知っている腐敗竜とはあまりにも違っていて、ナオは相手の正体に気づけなかった。

だが、マリアは即座に状況を理解して、骸骨の頭部と胸元で輝く赤い光を確認し、上空に目を向ける。

「あの女が腐敗竜を操る死霊使い《ネクロマンサー》……かしら？　死霊使い《ネクロマンサー》という割にはメルヘンチックな翼を生やしているわね」

そうこうしているうちに、腐敗竜は「プロトアイギス」と呼ばれる巨大な魔法陣を避けてレイト達に迫ってきた。

『オオオオオオッ‼』

「く、来るぞっ⁉」

「無駄よ」

腐敗竜が前脚で攻撃した瞬間、魔法陣が移動して盾《たて》のように腐敗竜の攻撃を跳ね返す。するとと、腐敗竜の呪鎧がまたもやわずかに剥がれた。魔法陣には聖属性の魔力が込められているのだ。

『オァアッ……‼』

「何をしているのっ‼　この出来損《できそこ》ないっ‼」

魔法陣に跳ね返された腐敗竜に、上空のキラウが怒声を放った。そして彼女は自分も杖を構えて魔法を放とうとするが、マリアが先に指輪を突き出して魔法を唱える。

「うるさい蝿《はえ》ね。『サンダーボルト』」

「きゃあああっ⁉」

指輪から一筋《ひとすじ》の雷が放たれ、キラウの身体に命中する。その威力は、レイトが防壁で見た「サンダーランス」と呼ばれる砲撃魔法より遥かに強力だった。

「や、やったのかっ⁉」

ナオが叫んだが、マリアは首を横に振る。

「いえ、まだよ……思っていたよりもやるわね」

「くっ……この森人族《エルフ》がぁっ‼」

キラウは地面に墜落《ついらく》したが、何事もなかったように起き上がる。そして身に付けていたマントを脱ぎ捨てると、服が少し焦げているだけで、彼女自身の肉体には火傷さえなかった。

マリアはキラウの姿を見て、感心した様子で言う。

「私の魔法を受けても生きているなんて……さすがは同族ね」

「黙れっ‼　お前らと私を一緒にするなっ‼」

「どうでもいいけど、あなた、意識を私のほうに向けすぎてないかしら？　それ、大丈夫なの？」

「っ⁉」

マリアの言葉に、キラウは背後を振り返る。

　すると、僕《しもべ》であるはずの腐敗竜が自分の目の前で右腕を振り上げていた。彼女は自分の意識が散漫《さんまん》になったせいで、腐敗竜の支配が弱まったことに気づく。

『アアアアッ‼』

「止まれっ‼」

　だが、腐敗竜が腕を振り下ろす前に命令を発すると、腐敗竜の肉体が硬直した。

　彼女は内心で安堵の息を吐き、マリアを振り返る。

「忌々しいっ……お前だけは殺してやるっ‼」

「おかしいわね。あなたとは初対面のはずだけど、そこまで恨《うら》まれるようなことをしたかしら？」

「黙れっ‼　その憎《にく》たらしい顔で私を見るなっ‼　近づくなっ‼　見下すなっ‼」

『オオオオオッ……‼』

　正気を失ったかの如《ごと》くキラウは叫び、彼女の感情に合わせるように腐敗竜のまとう呪鎧が増幅《ぞうふく》した。

　腐敗竜が魔法陣を攻撃すると、今度は弾《はじ》き飛ばされずに魔法陣の表面に爪が食い込んだ。

　さすがのマリアも眉を寄せ、両手を魔法陣に向ける。

「ここは私が抑《おさ》えるわ。でも、それほど長くは保たないからなんとかして頂戴」

「なんとかって……」

「ナオ、その剣を使うんだ」

「クゥンッ……」

呆然とするナオに、レイトは彼女の持つ剣を指さす。

ナオが手にしているのは本物の聖剣カラドボルグである。

――レイトが腐敗竜に使用した長剣は本物の聖剣ではなく、彼の錬金術師の能力で作り出した複製に過ぎない。彼はカラドボルグを改造したとき、聖剣の材質と構造を理解して複製できるようになっていたのだ。そのため、今現在の彼は普通のナイフでもカラドボルグに変化させることができる。

複製品とはいえ、その能力は本物とまったく同じ。もしも今後レイトが他の聖剣に触れる機会があれば、状況に応じて別々の聖剣を作り出すことも可能である。

レイトの言葉に、彼女は困惑した表情で尋ねる。

「つ、使うと言っても……あれは本当に奴なのか？　なんであんな姿に……」

「説明している暇はない‼　いいから早く構えてっ‼」

「わ、分かった」

「できるだけ早くしてもらえると嬉しいわね……」

『オァアアアアアッ……‼』

腐敗竜は徐々に、魔法陣に自分の身体を食い込ませている。呪鎧を削られながらも、打ち破るのは時間の問題だった。

　不安そうに聖剣を握りしめるナオに、練習で何度も聖剣を利用していたレイトは彼女の背後から手を回して聖剣の柄に触れ、使用方法を教えた。

「刃を標的に構えて……相手を攻撃する意志を抱くだけでいい。そして攻撃の際に掛け声を上げながら打ち下ろす、それで終わりだよ」

「攻撃……意志」

「あいつを絶対に倒すっていう覚悟を抱いて剣を振って。それで全てが終わる」

「ああっ……分かった」

　ナオはレイトの言葉に頷いた。

　ナオの職業は、長剣の扱いに最も長けている「騎士」である。それに加え、バルトロス王家の一人である彼女は、レイトと同様に全属性の魔法に適性がある。そのため、彼女は聖剣の力をレイト以上に引き出す才能を持っているのだ。

　だが、魔法の得意な森人族《エルフ》の血が流れるレイトと違い、純粋《じゅんすい》な人間である彼女の魔力容量ではカラドボルグの雷を長時間維持できないかもしれない。そのため、レイトも聖剣に魔力を流して彼女を手伝う。

　先ほどの戦闘で大分魔力を消費しているが、それでも二人の分を合わせればなんとか足りるだろう。

レイトはナオとともに聖剣を握り、マリアに言う。

「叔母様……いや、マリアお姉さん‼ 俺達の合図と同時に魔法陣を解除して‼ 俺達は聖剣に魔力を吸わせる」

「その呼び方が一番いいわね。分かったわ……でも、できるだけ急いで頂戴」

『オォオオオオッ……‼』

すでに腐敗竜は魔法陣に顔面まで入っており、徐々に魔法陣は闇属性の魔力に侵《おか》され黒く変色していた。

腐敗竜の背後にはキラウの姿があり、彼女は狂気をにじませた笑い声を上げながら腐敗竜に指示を与える。

「殺せっ‼ 何もかも殺せっ‼ 私に逆らう者は全員殺せっ‼」

全身から黒い魔力を放ち、瞳を赤く光らせながらキラウは叫び声を上げる。

今や、キラウは我を失ってしまっていた。マリアを目にしたことも原因の一つだが、腐敗竜を支配したことによる悪影響が出たのである。

普通の死霊使い《ネクロマンサー》ならば、数日もアンデッドを操ると正気を失ってしまう。いくら彼女が「英雄」の領域に踏み込んだ人間とはいえ、とうとう影響が出たのだ。

「さすがにきついわね……まだかしら？」

「はううっ……ち、力が抜けるっ」

魔力をカラドボルグに吸収され、ナオが声を発した。

『意外と可愛らしい声を出しますね、この人……腐敗竜の核は頭部に存在します。そこを狙ってください』

「あううっ……俺も力が抜けるっ」

『あなたもですかっ‼　本当に似た者姉弟ですね‼　いえ、従姉《いとこ》ですけど！』

二人は聖剣に魔力を吸収されながらも腐敗竜の頭部に剣先を向け、攻撃の好機をうかがう。次の一撃が正真正銘《しょうしんしょうめい》の最後の機会である。

十分に魔力を聖剣の刃に注ぎ込み、レイトはマリアに声をかける。

「今だっ‼」

「っ‼」

マリアが両手を左右に振り払った。

その瞬間、巨大な魔法陣が消失する。そして魔法陣を全力で破ろうとしていた腐敗竜が勢い余って倒れ、レイト達に骸骨の頭部が迫る。

『オァアアアアアアアッ‼』

「「はぁあああああああっ‼」」

腐敗竜が二人を呑み込もうとした瞬間、ナオとレイトは同時に剣を突き出し、金色の雷光を解き放つ。

まるで光線のように放たれた電撃が腐敗竜の口内に命中し、身体を覆《おお》う呪鎧を内側から吹き飛ばした。

――オオオオオオオオオオッ……!?

腐敗竜の悲鳴とも怒声ともとれる咆哮が響き渡り、レイトとナオが繰り出したカラドボルグの雷光が呪鎧を完全に打ち消す。そして腐敗竜の身体に電流が走り、全身の骨が崩れた。

「やった……のか？」

カラドボルグを握りしめていたナオが魔力を使い果たして膝をつき、前方の腐敗竜に目を向ける。自分の部下を殺した憎い相手だが、徐々に身体の端から粉と化していく姿を哀《あわ》れに思い、彼女は黙って腐敗竜の最期を見届ける。

「これで私達の勝ち……なのか？」

「いや、まだだよ」

「え？」

レイトの言葉にナオは驚きの声を上げる。

同時に、彼女の目の前で腐敗竜が動き出した。

『オァアアアアッ……!!』

「なっ!?　まだ動けるのかっ!?」

「大丈夫よ」

ナオが立ち上がろうとしたとき、マリアが彼女の肩を掴む。

「あとはうちの甥に任せなさい」

「えっ……」

「そういうこと……ウル!!」

「ウォンッ!!」

レイトが自分の後方にいたウルを呼ぶ。

ウルはレイトに駆け寄り、股《また》を潜《くぐ》って彼を背中に乗せる。そして腐敗竜に向けて駆け出した。

「や、やめろっ!? 何をする気だっ!?」

「いいからあなたは見てなさい。少しは自分の義弟を信じたらどうなの?」

マリアがナオを押さえながら、ウルの背中に乗り込んだレイトの後ろ姿を見る。

その姿は自分の姉であるアイラの後ろ姿と被った。間違いなくレイトは「戦鬼《せんき》」と呼ばれたアイラの血を受け継いでおり、魔術師でありながら剣の道に進んだのは必然だったとマリアは確信する。

「行きなさい。そしてあなたなら……」

マリアが言い終える前に、空中に跳躍したウルが腐敗竜の頭部に接近する。

次の瞬間、レイトはウルの背中を足場としてさらに跳躍し、まだ腐敗竜の額に突き刺さったままの退魔刀に手を伸ばす。

「うおおおおおおおっ‼」

『オァアアアアアアッ……⁉』

レイトは退魔刀を掴み、さらに押し込もうとした。

だが、これまでの疲労で掌の感覚がない。

彼は自分の懐に隠れているヒトミンに命じた。

「掌を固定しろっ‼」

『ぷるるっ‼』

ヒトミンが服の中から飛び出し、退魔刀を握りしめるレイトの手に貼りついた。

レイトは最後の力を振り絞って退魔刀の刃を振り下ろす。

「『兜……割り』っ‼」

――レイトが使ったのは、最初にアリアから教わった剣の戦技だった。

彼の瞳が赤く変色する。おそらくその攻撃は、彼の人生の中でも最大の力と速度を誇る一撃だった。彼の姿は、まさに「剣鬼」という名に相応しい。

『オォオオオオオオオオオオッ……⁉』

腐敗竜の断末魔の悲鳴が響き渡る。歴史上討伐に成功したことがないと言われていた伝説の不死竜が、最期のときを迎えた。

「おおおおおおおおっ‼」

レイトの一撃は、腐敗竜の頭部の奥深くにあった核に到達し、完全に砕く。

その瞬間、核から膨大《ぼうだい》な闇属性の魔力が解き放たれ、天に昇《のぼ》っていった。

――アアアアアアアアアッ……‼

天に向けて昇る闇属性の魔力に、無数の生物の顔が浮かび上がった。それは、腐敗竜の誕生のために犠牲にされた生物達の命が解放されたことを意味する。

その光景を、腐敗竜のそばに立ち尽くしていたキラウは見つめ、同時に涙を流していた。

「美しい……なんて、美しいの……」

彼女は天に昇る無数の魂に歓喜の表情を浮かべる。生と死を司《つかさど》る「死霊使い《ネクロマンサー》」の彼女にとって、あまりにも神秘的な光景であり、自分の僕《しもべ》を打ち破ったレイトを憎悪することすら忘れていた。

「うっ……」

「ウォンッ‼」

核を失ったことで腐敗竜は完全に崩れ、空中に放り出されたレイトをウルが背中で受け止める。その光景を確認したナオとマリアは安堵し、最後に残された敵を見る。

「さて……これであとはあれだけね」

「……死霊使い《ネクロマンサー》か」

「主よ、ここは俺にお任せください」

カゲマルが妖刀を引き抜いた。逃げるときに妖刀を回収していたのだ。

彼はキラウに止めを刺そうとする。

「貴様の命運はここまでだ‼」

「……興ざめだわ」

だが、キラウはカゲマルに目もくれず、杖を振り上げて地面に突き刺す。

次の瞬間、キラウの影が広がり、カゲマルの足元の影を捉えて拘束する。

「ぬうっ⁉」

「これは……影魔法？」

「なっ⁉　まだそれほどの力を……」

腐敗竜を手放したことにより、キラウは本来の魔力を取り戻した。

「あなたに用はないわ。死になさい」

「がはぁっ⁉」

カゲマルが苦悶の表情を浮かべ、マリアは指輪を構えて聖属性の魔法を発動した。

「『フラッシュ』」

「うわっ⁉」

「ぐはっ⁉」

指輪の先端から閃光《せんこう》が放たれ、カゲマルを拘束していた影が消失する。影魔法の弱点は強い光であり、しかも聖属性の力を宿した魔法は効果が絶大《ぜつだい》だった。

影魔法を打ち破られたキラウは眉を寄せ、杖を構えて上級魔法を発動する。

「『ダークフレイム』」

「『スプラッシュ』」

火炎放射器のように放たれた黒炎を、マリアは指輪から大量の水を出して打ち消した。相性は水属性の魔法が有利である。

さらに彼女は続けて別の指輪から魔法を放つ。

「これならどうかしら？　『サンダーボルト』」

「ちっ……『シャドウマン』‼」

マリアの指輪から雷を想像させる高圧の電流が放たれ、キラウは杖を自分の影に突き刺し、地面から人型の影を生み出した。

物体化した影は彼女を庇うように前に出るとマリアが放出した電撃を受け止め、全身に電流を迸らせながら地面に吸い込まれて消える。

「あら、それは初めて見る魔法ね。それも影魔法の一種かしら？」

「余裕もそこまでよ。これで死になさいっ……『ダークブラスト』‼」

キラウはさらに杖を構えて魔法を発動させようとする。

彼女の杖先から生み出されたのは黒色の炎の塊《かたまり》だった。

マリアは眉をひそめ、火球が接近する前に地面に指輪を向けて呪文を唱える。

「『アース・ウォール』」

「わあっ⁉」

「退避《たいひ》っ‼」

土砂を練り固めた壁が地面から盛り上がり、マリアとナオを囲む。カゲマルも危険を察して「飛脚」を発動して距離を取った。

マリアが彼らを守った隙に、キラウも「ウィング」を発動して上空に飛翔した。

「今日はここまでよ。だけど、次は必ず殺してやるっ‼」

キラウは最後にマリアに怒鳴りつけ、空の彼方に飛び去った。

そして彼女が残した黒い火球が膨張し始め、三メートル程度にまで巨大化したところで爆発する。その威力は凄まじく、地面にクレーターを生み出す爆炎《ばくえん》が広がり、周囲一帯に黒煙が舞い上がった。

「うわあああっ⁉」

「落ち着きなさいっ‼　まったく、こんな密室で騒がないでほしいわね……」

カゲマルは爆発の余波《よは》で吹き飛ばされてしまう。

「ぬおおっ⁉」

「ウォンッ‼」

咄嗟にウルが空中に放り出されたカゲマルの身体を受け止め、そのまま彼を背中に乗せて着地した。

ウルの背中にしがみついていたレイトは上空の黒雲に姿を消すキラウを見つめ、退魔刀を握りしめながら大きなため息を吐く。

「厄介な奴に目をつけられたな」

『はあっ……これからもっと面倒な事態に陥《おちい》りますよ』

レイトの言葉にアイリスがため息混じりに答えた。彼女の言葉通り、今後は腐敗竜の後始末や聖剣に関しての問題、さらには今回の件で大勢の人間の前で自分の力を見せつけたレイトの存在が噂されることは間違いない。

当初の彼の目的である「目立たずに普通の生活を送る」という目標は果たされないことになりそうだった――

◆　◆　◆

この数日後、王都にて腐敗竜の討伐が果たされたという報告が国王に届き、同時に冒険都市周辺の村や町の住民から王国に対して救援物資を求める書状が届く。

国王は大量の資料を前に頭を抱えていた。その書類のほとんどが国王が軍隊を派遣《はけん》して腐敗竜の討伐に向かわなかったことを責める内容だった。

「国王様、王都の民からも書状が届いております。内容の……」

「聞かなくても分かる!! どうせ私を非難しているのだろう?」

「……はい」

そのとき、国王の前に槍を持った男性が現れた。外見は若々しいが実年齢は国王とそれほど変わらない。

彼の名前はミドル。バルトロス王国の「大将軍」を務めている。王国最強の騎士と謳《うた》われ、その実力、人望、地位において彼の右に出る者はいない。

王国にはミドルの他にも二人の大将軍がいるが、片方は年齢が若く、もう片方は性格に問題があるため、国王は二人を重用《ちょうよう》せず、ミドルのみをそばに置いている。国王にとってミドルは誰よりも信頼できる臣下《しんか》であった。

国王は彼に、今回の事態を収拾する方法を問う。

「ミドルよ、これから私はどうすればいいのだ……今回の件で私は民衆の信頼を失ってしまった。王都の民が私を見限るのも時間の問題だろう」

「国王様、それは考えすぎです。王都を防衛するために国王様の取った行動は間違いではありません。この王都には冒険都市よりも遥かに多くの民がおります。もしも腐敗竜の討伐に軍隊を派遣して失敗した場合、被害は今以上に広がっていたでしょう」

「しかし、やはりレミア将軍だけでも行かせるべきだったか……彼女なら腐敗竜が相手でもなんとかできたのではないか？」

「レミアは将軍と言えど、先日十六歳になったばかりです。才能はあっても実戦経験がなく、彼女に部隊を任せるわけにはいきません。国王様は最善《さいぜん》を尽くしました。どうかご自分を責めないでください」

「そうか……そうだな」

国王は信頼するミドルの言葉を聞き、自分は間違ってはいなかったと安心した表情を浮かべる。

だが、それで現状が変わるわけではない。国王はたしかに、民衆の信頼を失いつつあった——


——ミドルは国王の前を辞《じ》すと、王城の廊下で王妃と行き合う。

彼女の姿を見たミドルは笑みを浮かべ、頭を下げる。

「王妃様、おはようございます」

「あら、ミドル将軍。あの人のところに行っていたのかしら」

「はい、先ほど国王様と話をしてきました」

王妃は煌《きら》めく銀色の髪を腰まで伸ばし、森人《エルフ》族のように非常に整った顔立ちをしている。瞳の色は、この世界の人間でも珍しい藍色《あいいろ》だった。彼女の年齢は四十近いはずだが非常に若々しく、二十歳前後に見える。

ミドルは王妃の顔を見て心が躍《おど》った。彼は彼女のそばにいるだけで幸福感に満たされるのだ。

生き生きとした表情を浮かべるミドルに、王妃は微笑む。

「ミドル将軍、これから時間はあるかしら？　よろしかったら一緒にお茶でもどう？」

「はっ……しかし、国王様がお呼びなのでは？」

「あの人のことは気にしなくて良いわ。それよりも……あなたに相談したいことがあるの」

国王から呼び出されているにもかかわらず、王妃は廊下を引き返した。

付き従いながらも、ミドルは自分になんの相談があるのかと訝る。

「王妃様、私に何用でしょう。お教えいただけないでしょうか？」

「……冒険都市に暮らす、ある少年のことを調べてほしいの」

「少年、ですか？」

「ええ……もしかしたら、私の敵となるかもしれない少年よ」

そう言った瞬間、王妃の顔から笑みが消えた。

そして彼女は冒険都市が位置する方角を見やり、自分の地位を脅かすかもしれない存在に警戒心を抱いた——

番外編

「……暇すぎます」

何もない真っ白な空間に、一人の少女が横たわっていた。いや、少女の姿に変身した存在という表現が正しいだろう。彼女の実年齢は「少女」と呼べる歳《とし》ではない。

「ナレーションに悪意を感じますね。まあ、別にいいですけど」

狭間《はざま》の世界の管理者にして、天使――アイリスが起き上がり、独り言を言った。

彼女は基本的に、暇を持て余している。

狭間の世界に何者かが落ちてくれば、仕事――つまり落ちてきた存在を除去《じょきょ》して時間を潰すこともできるが、しばらくその機会はなさそうである。

アイリスは視線を落として、現在自分が観察している人間の様子をうかがう。

「レイトさんは……今の時間帯は夜ですから、さすがに寝ていますね。起こしたら機嫌が悪くなりそうですし、しょうがないから今のうちに世界の情報でも集めておきましょうか」

彼女が管理を任されているのはこの狭間の世界だけだが、例外的にレイトを送り込んだ下位世界の観察もしている。日頃から娯楽《ごらく》を求める彼女にとっては最近では一番の楽しみであった。

彼女は双眼鏡のような道具を手元に生み出して、下位世界を覗き込む。

「ほうほう、なるほどなるほど……いやん、そんなことまでするなんてっ……」

実を言うと、このようなことをしなくとも、天使としての力を使えば彼女は下位世界の状況を全て把握できる。それでも彼女は、あえて不自由な手法で観察を続けるのだ。

「これは面白いことになりそうですね。そろそろ本格的にあの腹黒王妃も動き出しそうですし、レイトさんには早めに警告しておく必要があるかもしれません」

アイリスは狭間の世界の外に出られない。仮に別の世界に移動できたとしても、その時点でアイリスという存在は抹消《まっしょう》されてしまう。

「あ、そういえば最近は何も食べていませんね。まあ、別に食事なんていらないんですけど……」

アイリスが右手を差し出した瞬間、手の上に林檎《りんご》が現れた。さらに左手で林檎の表面を弾《はじ》くと、たちまち兎《うさぎ》の形に切られる。

「あむっ……うん、いつも通りの味ですね」

変わりばえのしない味にアイリスは顔をしかめた。こういうときだけは、生身《なまみ》の身体を持つレイトが羨《うらや》ましい。

アイリスが生み出せるのは林檎だけではない。時にはテレビゲームを出して遊ぶこともあるし、その気になれば他の人間も作り出せる。

だが、それはどれも本物に限りなく近い偽物でしかない。

たとえば、アイリスがテレビゲームで自分の作り出した人間と対戦したとする。だが、勝敗にかかわらず、全ては彼女の思い通りに決着してしまうのだ。

そこにあるのは必然だけで、ただの人形遊びでしかない。それが彼女にとっては大きな苦痛であり、わざわざ作り出さない理由だった。

「ああっ……早く起きませんかね。こんなことなら『不眠』のスキルでも覚えさせれば良かったかもしれません」

アイリスは呑気《のんき》に就寝《しゅうしん》しているレイトが起きるまで何もできないことをもどかしく感じる一方、自分の思い通りに行かない彼の行動に楽しみを見出《みいだ》していた。

地球から落下し、下位世界に転生を果たしたレイトは、アイリスが未来を予測できない唯一の存在である。彼にできるのはあくまでも助言だけであり、ゲームのキャラクターのように彼女がレイトの行動を操れるわけではない。

今まで彼女はレイトに対して適切な指示を与えているつもりだが、彼はときどき、彼女の意見に反対して独断《どくだん》で行動する。ゲインや腐敗竜との戦闘の際は彼女の思惑通りには行かず、かなりの無駄を出してしまった。それもこれも、レイトが他の人間を見捨てられなかったからである。

だがアイリスは別に、レイトに不満を抱いているわけではない。むしろ、レイトが自分の指示に逆らうという「不自由」を満喫《まんきつ》していた。

狭間の世界では絶対に感じられない「不自由」を与えてくれる彼を、アイリスは愛おしいとさえ思っている。

「どんな結末になろうと、私はあなたのことを見守りますよ」

『いやん……そんなところまで見るなぁっ』

「いや、どんだけピンポイントな寝言ですかっ⁉」

自分の呟きが聞こえていたような予想外の寝言にアイリスは驚愕するが、そんな彼の反応すらも彼女は楽しんでいた。

あとがき

この度は、文庫版『不遇職とバカにされましたが、実際はそれほど悪くありません？4』をご購入いただき、誠にありがとうございます。作者のカタナヅキです。

ひとまずは旧帝国《エンパイア》との決着がつきました。今回出てきたキラウは主人公のレイトが以前に倒したゲインと深く関わりを持つ人物であり、旧帝国《エンパイア》に所属していました。しかし、本心では「腐敗竜《ドラゴンゾンビ》」を生み出すために旧帝国《エンパイア》を利用したに過ぎません。

世界最強の魔術師であるマリアと対立するだけの実力を誇り、仲間であろうと利用する。そんな冷酷《れいこく》な心を持つ最悪の敵を書こうとした結果、キラウというキャラクターができあがりました。構想段階ではレイトとマリアが打ち倒す予定でしたが、書いているうちに四巻で退場させるのは惜しくなり、彼女を引き下がらせる形に留めました。

聖剣カラドボルグを手に入れた主人公ですが、今の彼には手に余る代物です。今回はナオとマリアの協力があったおかげで腐敗竜を打ち倒せましたが、まだ聖剣を扱えるだけの実力はありません。逆に言えば、主人公にはさらなる成長の余地《よち》があります。

腐敗竜に関しては今作限りの敵役となりましたが、その実体は一国を滅ぼしかねない恐ろしい存在です。相手が世界最強の魔術師であるマリアと聖剣を所持したレイトだったのが運の尽きでした。仮にマリアがおらず、レイト達だけで戦いに挑んでいたら、全滅も免れなかったかもしれません。

戦闘シーンの中で一番楽しく書けたキャラはダインです。彼の影魔法は、実はレイトが扱う魔法として書こうと考えていた時期もあったのですが、試行錯誤《しこうさくご》の末に断念《だんねん》しました。影魔法は変幻自在《へんげんじざい》の影を操作して敵を拘束したり、仲間を補助するのに最適で優秀《ゆうしゅう》な魔法です。逆に一番苦労したのがシノビ・カゲマルです。彼の戦闘を描くのが一番大変でした。シノビはマリアの護衛役として彼女のそばから離れさせないつもりでしたが、甥を大切に想うマリアがレイトに護衛を付けないのも違和感があったので、彼に付き従えました。

最後にレイトの姉のような存在だったアリアに関してですが、今までと違い、ラストは一流の暗殺者としてレイトに敵対する存在として書きました。彼女はレイトを大切に想う一方、旧帝国《エンパイア》の暗殺者としての任務を忠実《ちゅうじつ》に果たそうとしたわけです。作者としても思い入れがあったキャラクターですが、物語的にアリアとレイトを戦わせなければならず、二人の対決を描きました。二人の結末に関しては初期の設定通りなのですが一番辛かったです。

それでは次巻でも、彼らの冒険をお楽しみいただけますと幸いです。

二〇二三年十二月　カタナヅキ

「銀座編」大好評発売中！
累計680万部突破！
(電子含む)
ゲート SEASON1～2
大好評発売中！
コミックス
最新23巻
大好評発売中！
SEASON1　陸自編
単行本
●本編1～5／外伝1～4／外伝+
●各定価：本体1,870円（10%税込）
文庫
●本編1～5〈各上・下〉／
外伝1～4〈各上・下〉／外伝+〈上・下〉
●各定価：本体660円（10%税込）
漫画
漫画：竿尾悟
●1～23（以下、続刊）
●各定価：本体770円（10%税込）
SEASON2　海自編
単行本
●本編1～5
●各定価：本体1,870円（10%税込）
文庫
最新5巻
〈上・下〉
大好評発売中！
●本編1～5〈各上・下〉
●各定価：本体660円（10%税込）

大ヒット
異世界×自衛隊
ファンタジー
ゲート0《ゼロ》
GATE:ZERO
自衛隊
銀座にて、
斯く戦えり
〈前編〉
〈後編〉
柳内たくみ
Yanai Takumi
ゲート始まりの物語
「銀座事件」が小説化!
20XX年、8月某日――東京銀座に突如『門（ゲート）』が現れた。中からなだれ込んできたのは、醜悪な怪異と謎の軍勢。彼らは奇声と雄叫びを上げながら、人々を殺戮しはじめる。この事態に、政府も警察もマスコミも、誰もがなすすべもなく混乱するばかりだった。ただ、一人を除いて――これは、たまたま現場に居合わせたオタク自衛官が、たまたま人々を救い出し、たまたま英雄になっちゃうまでを描いた、7日間の壮絶な物語――
●各定価：1,870円（10%税込）
●Illustration：Daisuke Izuka
650万部!
自衛隊、
ついに状況開始!!

ネットで人気爆発作品が続々文庫化!

アルファライト文庫 大好評発売中!!

グルメのグリフォン　超不運な前向き少年　天然なフェンリル

テイマーも聖獣も…
最強なのにちょっと残念!?
このクセの強さ、SSSSS級!!!

お人好し底辺テイマーがSSSランク聖獣たちともふもふ無双する 1

大福金 *daifukukin*　illustration たく

SSSランクの聖獣たちとの出会いが待つ
自由気ままな異世界幸せモフり旅!!!

落ちこぼれの『魔物使い』ティーゴは、幼馴染が結成した冒険者パーティで、雑用係として働いていた。ところが、ダンジョンの攻略中に事件が発生。一行の前に、強大な魔獣フェンリルが突然現れ、ティーゴは囮として見捨てられてしまったのだ。さすがに未来を諦めたその時、なんと、フェンリルの使役に成功する——。元落ちこぼれテイマーのもふもふ無双譚、待望の文庫化!

文庫判　定価：671円(10%税込)　ISBN：978-4-434-32905-0

アルファライト文庫

この作品に対する皆様のご意見・ご感想をお待ちしております。

おハガキ・お手紙は以下の宛先にお送りください。

【宛先】

〒150-6008 東京都渋谷区恵比寿 4-20-3 恵比寿ｶﾞｰﾃﾞﾝﾌﾟﾚｲｽﾀﾜｰ 8F
（株）アルファポリス　書籍感想係

メールフォームでのご意見・ご感想は右のＱＲコードから、
あるいは以下のワードで検索をかけてください。

アルファポリス　書籍の感想　検索

ご感想はこちらから

本書は、2020 年 7 月当社より単行本として
刊行されたものを文庫化したものです。

不遇職《ふぐうしょく》とバカにされましたが、実際《じっさい》はそれほど悪《わる》くありません？ 4

カタナヅキ

2023年 12月 31日初版発行

文庫編集－中野大樹／宮田可南子
編集長－太田鉄平
発行者－梶本雄介
発行所－株式会社アルファポリス
〒150-6008東京都渋谷区恵比寿4-20-3恵比寿ガーデンプレイスタワー8F
TEL 03-6277-1601（営業） 03-6277-1602（編集）
URL https://www.alphapolis.co.jp/
発売元－株式会社星雲社（共同出版社・流通責任出版社）
〒112-0005東京都文京区水道1-3-30
TEL 03-3868-3275
装丁・本文イラスト－しゅがお
文庫デザイン―AFTERGLOW
（レーベルフォーマットデザイン－ansyyqdesign）
印刷－中央精版印刷株式会社

価格はカバーに表示されてあります。

落丁乱丁の場合はアルファポリスまでご連絡ください。

送料は小社負担でお取り替えします。


ISBN978-4-434-33070-4 C0193